O HÓSPEDE DE DRÁCULA E OUTRAS HISTÓRIAS

BRAM STOKER

O HÓSPEDE DE DRÁCULA

E OUTRAS HISTÓRIAS

BRAM STOKER

PÉ da letra

Os direitos desta edição pertencem à
Editora Pé da Letra
Rua Coimbra, 255 - Jd. Colibri
Cotia, SP, Brasil
Tel.(11) 3733-0404
vendas@editorapedaletra.com.br
www.editorapedaletra.com.br

Direção Editorial James Misse

Edição Leonardo Waack

Direção de Arte Sueli Issaka

Tradução Gabrielle Carvalho

Revisão Leonardo Waack

Diagramação Carlos Santos

Impresso no Brasil, 2023.

Dados Internacionais de Catalogação na Publicação (CIP)
Angélica Ilacqua CRB-8/7057

Stoker, Bram, 1847-1912
O Hóspede de Drácula e outras histórias / Bram Stoker ; traduções de Gabrielle Carvalho. - 1. ed. - Cotia, SP : Pé da Letra, 2023.
128 p.

ISBN 978-65-5888-834-5
Título original: The Castle King; The Crystal Cup; The Secret of the Growing Gold; Dracula's Guest; The Burial of the Rats; The Judge's House

1. Contos irlandeses 2. Literatura infantojuvenil I. Título II. Carvalho, Gabrielle

23-4324 CDD Ir823

Índices para catálogo sistemático:

1. Contos irlandeses

POR
BRAM STOKER

ÍNDICE

O Castelo do Rei

Quando contaram ao pobre Poeta que aquela que ele mais amava estava acamada, sob grande perigo, ele quase ficou louco de tanta dor.

Por semanas a fio, ele ficara sozinho; ela, sua esposa, havia viajado para longe, para seu antigo lar, para visitar seu avô antes que ele morresse.

O peito do Poeta ficou, por alguns dias, apertado por uma estranha aflição. Ele não sabia dizer o porquê; ele apenas sabia, com a profunda simpatia que é o dom do Poeta, que aquela que ele amava estava doente. Ansioso, ele aguardou por notícias. Quando elas chegaram, ainda que ele já esperasse que fossem tristes, foi tomado por tamanho choque que quase ficou louco de tanta dor.

Em sua tristeza e ansiedade, ele foi para o jardim que durante longos anos cultivara para ela. Ali, em meio às lindas flores, onde ficavam as antigas estátuas de um branco suave contra as cercas de teixo, ele se deitou sobre a grama de verão sem poda e chorou, escondendo a face.

Ele pensou no passado – em como havia conquistado sua esposa e em como eles se amavam. Para ele, parecia triste e cruel que ela estivesse longe e em perigo, sem tê-lo por perto para confortá-la ou ao menos dividir com ela a dor.

Muitos, muitos pensamentos vieram a ele, contando a história dos enfadonhos anos, de cuja melancolia e solidão ele havia se esquecido, frente à vivacidade de seu amável lar.

Pensou em como os dois haviam se conhecido e, em um momento, se apaixonado. Como a pobreza dele e a grandeza dela os separaram. Como ele havia lutado e trabalhado duro para seguir pela íngreme e acidentada estrada para a fama e fortuna.

Como, ao longo dos cansativos anos, ele se devotou unicamente à ideia de conquistar um lugar na história de seu tempo; que ele deveria ser capaz de ir até ela e dizer: "Eu te amo"; e aos orgulhosos parentes dela: "Sou digno, pois eu também me tornei importante".

Como, em meio a tantos sonhos de tempos mais felizes que talvez viessem, ele se manteve em silêncio sobre seu amor. Como ele nunca a havia visto, ou ouvido sua voz, ou sequer sabido onde ela morava, temendo falhar no propósito de sua vida caso soubesse.

Como o tempo – como sempre faz com aqueles que trabalham com honestidade e um propósito único – recompensou-o pelos trabalhos que fez e pela paciência que teve.

Como o mundo veio a conhecer seu nome e a reverenciá-lo e amá-lo como um dos que ajudaram os fracos e cansados por meio de seu exemplo; que purificaram os pensamentos de todos que ouviram suas palavras; e que se livraram da infâmia perante a grandeza e simplicidade de seus nobres pensamentos.

Como o sucesso sucedera o surgimento de sua fama.

Como durante muito tempo, até mesmo para seu coração receoso ante a dúvida do amor, ele levou consigo o pensamento de que havia por fim alcançado a grandeza que justificaria ir atrás da mão daquela que ele amava.

Como ele havia voltado às suas terras e lá a encontrado ainda livre.

Como, quando ousou contar a ela o quanto a amava, ela sussurrou de volta que também ela havia esperado por todos aqueles anos, pois sabia que ele voltaria para desposá-la no final.

Como ela o acompanhara como sua noiva para dentro do lar que ele havia passado todos esses anos construindo. Como eles viveram felizes ali; e como ousaram olhar para os longos anos que viriam, esperando por alegria e contentamento sem obstáculos.

Como ele pensou que, apesar de estar um tanto enfraquecido pela demanda incansável dos anos e por continuar esperançoso, poderia ansiar pelos tempos felizes que viriam.

Mas, ah! a esperança; pois quem saberia o que um dia poderia trazer? Fazia pouquíssimo tempo que sua amada havia partido com saúde, a fim de cumprir com suas obrigações; e agora, estava doente, e ele sequer estava próximo para ajudá-la.

Toda a luz de sua vida pareceu sumir. Todos os longos anos de espera e a paciente continuidade em suas boas ações que resultaram em anos amorosos pareciam mero sonho, e era tudo em vão, tudo em vão.

Agora, com uma sombra pairando sobre sua amada, a nuvem parecia estar acima e ao redor deles, contendo em suas escuras reentrâncias a ruína de ambos.

— Ah, mas por quê!? — perguntou o pobre Poeta ao ar invisível. — Por que a nós veio o amor? Por que veio paz, e alegria, e felicidade, se as enegrecidas asas do perigo escurecem o ar ao redor dela e me deixam a chorar sozinho?

Deste modo ele lamentou, e gritou, e chorou. E as amargas horas passaram por sua solidão.

Ele estava deitado no jardim, com a face escondida na alta grama, quando vieram até ele e disseram-lhe, chorando, que as notícias – de fato, tristes – haviam chegado.

Ele levantou sua pobre cabeça e os encarou enquanto falavam; e viram em seus olhos grandes, escuros e tenros que ele estava bastante perturbado. Ele lhes dirigiu um sorriso triste, como se não entendesse bem a importância do que diziam. O mais carinhosamente possível, tentaram lhe dizer que aquela que ele mais amava havia morrido.

Disseram:

— Ela foi ao Vale das Sombras.

Mas ele não pareceu entender.

Sussurraram:

— Ela ouviu a Música das Esferas.

Mas ele ainda não compreendeu.

Então, angustiados, disseram-lhe:

— Ela agora reside no Castelo do Rei.

Ele os encarou avidamente, como se perguntasse: “Que castelo? Que rei?”.

Eles abaixaram as cabeças e, enquanto se viravam para longe, às lágrimas, murmuraram com delicadeza:

— O Castelo do Rei da Morte.

Mais nada disse ele; então, voltaram novamente os rostos chorosos para o Poeta. Viram que ele havia se levantado, e havia um objetivo em seu olhar. Ele disse com calma:

— Irei encontrá-la, para que, onde quer que ela more, eu possa também morar.

E eles lhe disseram:

— O senhor não pode ir. Ela está além do Portal, na Terra dos Mortos.

Um propósito definido brilhava nos olhos cheios de determinação e amor do Poeta quando ele lhes respondeu pela última vez:

— Para onde ela tiver ido, eu irei também. Pelo Vale das Sombras farei meu caminho. Em meus ouvidos também tocará a Música das Esferas. Procurarei e encontrarei minha amada nos salões do Castelo do Rei. E a pegarei em meus braços, mesmo ante a pavorosa face do Rei da Morte.

Ao ouvirem essas palavras, mais uma vez baixaram a cabeça e choraram, dizendo:

— Ah, não! Ah, não!

O Poeta se virou e os deixou, partindo. Eles o seguiriam de bom grado, mas ele fez sinal para que ficassem. E sozinho, em seu luto, ele se foi.

Enquanto passava por eles, acenou em despedida. Então, por um tempo, ficou parado com a mão ao alto e lentamente virou o corpo por completo.

De súbito, sua mão estendida parou e apontou. Seus amigos que com ele olhavam viram onde, para além do Portal, a ociosa vastidão se espalhava. Ali, em meio à desolação, a névoa do pântano pairava como um manto de escuridão no horizonte distante.

O Poeta ainda apontava quando um brilho – muito, muito tênue – de felicidade surgiu em seus pobres e tristes olhos, perturbados pelo luto, como se ao longe avistasse algum sinal ou esperança de encontrar sua perdida amada.

Com agilidade e tristeza, o Poeta encarou o dia ardente.

Chegou o Tempo de Descanso, mas ele seguiu viagem. Não pausava para ficar à sombra ou descansar. Nunca, por um instante sequer, parou para umedecer seus lábios rachados com a corrente gelada dos mananciais de cristal.

Os fatigados viajantes, descansando nas sombras frescas às margens das fontes, levantaram suas cansadas cabeças e o observaram com olhos sonolentos enquanto ele se apressava. Ele não lhes deu atenção, seguindo sempre em frente com propósito em seus olhos, como se um brilho de esperança vindo das névoas dos pântanos distantes o impelisse a continuar.

Ele viajou durante todo o dia ardente e toda a noite silenciosa. No mais cedo amanhecer, quando a promessa do sol ainda não nascido rapidamente iluminava o céu ao leste com sua pálida luz, ele já se aproximava do Portal. O horizonte se destacava, escuro sob a luz fria da manhã.

Ali, como sempre, estavam os anjos que vigiavam e guardavam e ah, que maravilha! Ainda que fossem invisíveis aos olhos humanos, ele os via.

Enquanto ele se aproximava, eles o olhavam com pena, e abriram suas grandes asas, como se para protegê-lo. Ele falou e, de seu coração perturbado, passaram docemente por seus lábios pálidos as tristes palavras:

— Digam-me, ó os que guardam a Terra, minha amada por aqui passou em sua jornada ao Vale das Sombras para ouvir a Música das Esferas e morar no Castelo do Rei?

Os anjos do Portal abaixaram a cabeça, assentindo; e viraram-se, olhando para além da Terra, para onde, ociosa vastidão adentro, as úmidas névoas brotavam do seio sem vida do pântano.

Eles sabiam bem que o pobre Poeta estava em busca de sua amada; então não o impediram de seguir, tampouco o incentivaram a ficar. Tinham pena dele pelo tanto que amava.

Abriram caminho para que ele pudesse passar sem obstáculos pelo Portal.

O Poeta então seguiu pelo ocioso deserto para procurar por sua amada no Castelo do Rei.

Durante um tempo, andou por jardins cuja beleza era mais madura do que a dos jardins da Terra. A doçura de todas as coisas tomava os sentidos como os odores das Ilhas dos Abençoados.

A sutileza do Rei da Morte, que governa os Reinos do Mal, é grande. Ele ordenou que o caminho além do Portal fosse preenchido por feitiços. Assim, aqueles que se desviassem dos caminhos do bem veriam ao seu redor tamanha beleza que, em seu encanto, esquecer-se-iam da angústia, da crueldade e da culpa do deserto.

Mas, à medida que o Poeta andava, a beleza começou a desaparecer.

Os lindos jardins agora pareciam jardins que não eram mais cuidados, tal qual quando as ervas daninhas, em sua horrível exuberância, enforcam a bela vida das flores que crescem.

Por vias gélidas e galhos que se espalhavam, e pela relva crespa que tinha um toque suave como veludo nos pés doloridos do andarilho, o caminho se tornou pedregoso e acidentado, completamente aberto ao brilho ardente. As flores começaram a perder seu perfume e a atrofiar. Cicutas altas cresciam por todos os lados, infectando o ar com seu odor fétido.

Grandes fungos cresciam em reentrâncias escuras, onde havia poças de águas turvas. Árvores altas, com galhos como esqueletos, roseiras sem folhas, e que sob cuja sombra descansar seria morrer.

Deparou-se com pedras enormes bloqueando o caminho. E este só podia ser trespassado por estreitas e sinuosas passagens, circundadas por maciços penhascos acima, os quais ameaçavam cair e engolfar o Viajante.

Então, a noite começou a cair; e a turva neblina que se levantava dos pântanos distantes tomou formas estranhas de trevas. Na distante fortaleza nas montanhas, as bestas selvagens começaram a rugir em seus covis cavernosos. O ar se tornou horrendo com os sons da noite.

Mas o pobre Poeta não prestou atenção às visões sinistras ou aos sons pavorosos. Seguiu sempre em frente – sem ter em mente os terrores da noite. Para ele, não havia os receios da escuridão, nem o medo da morte, nem a consciência do horror. Ele apenas procurava por sua amada no Castelo do Rei; e, em sua ávida missão, todos os horrores naturais eram esquecidos.

Em frente ele viajou, durante a noite inteira. Os íngremes desfiladeiros ele subiu. As sombras das enormes pedras ele atravessou sem um arranhão. Os animais selvagens o cercaram, rugindo ferozmente – seus grandes olhos brilhantes como estrelas ardentes na escuridão da noite.

Do alto das pedras, grandes pítons se arrastavam e se penduravam para capturar suas presas. Das fendas das montanhas e das rachaduras cavernosas do caminho rochoso, serpentes venenosas deslizavam e se preparavam para o bote.

Mas por mais que as nocivas ameaças se aproximassem, nenhuma atacou; pois sabiam que o solitário Viajante estava destinado ao Castelo do Rei.

Em frente ainda, em frente seguiu – sem parar, sem pausas em sua jornada –, avançando sempre em sua missão.

Quando, por fim, amanheceu, o sol que nascia era uma visão lamentável. Ali, lutando para seguir pelo caminho rochoso, o pobre Poeta solitário continuava sempre em frente, sem notar o frio, a fome ou a dor.

Seus pés estavam descalços, e seus passos pelo caminho cheio de pedras eram marcados por sangue. Tanto ao seu redor quanto atrás dele e ao longe, mantendo o mesmo ritmo pelos cumes das cordilheiras, vinham as bestas selvagens, que olhavam para ele tal qual para uma presa, mas que se abstinham de tocá-lo, pois ele buscava pelo Castelo do Rei.

No ar, revoavam os obscenos pássaros que seguiam os rastros dos moribundos e dos perdidos. Os abutres de pescoços sem penas planavam, com olhos desejosos e bicos famintos. Suas grandes asas batiam com preguiça no ar parado enquanto seguiam os rastros do Viajante. Os abutres eram bichos pacientes, e aguardavam pela queda de sua presa.

Das cavidades cavernosas dos sombrios desfiladeiros rastejavam, em silenciosa velocidade, as serpentes que lá espreitavam. Veio a píton, com seus vincos colossais e suas voltas sem fim, e, de lá, olhou sorrateira com sua cabecinha achatada. Veio a jiboia e sua tribo, as quais matam as presas com sua força, esmagando-as com o temível aperto de seu abraço. Vieram as najas e todas aquelas que com seu veneno destroem suas presas. Vieram também as serpentes mais terríveis para suas caças – aquelas que as fascinavam com olhos de estranha mágica e com a morosa graciosidade de sua aproximação.

Vieram ou ali ficaram, esperando, as cobras sutis, que tinham cores de ervas, folhas, galhos mortos ou poças de lama, dentre os quais espreitavam, para pegar suas presas de surpresa.

Grandes serpentes estavam lá, das que eram ágeis e se suspendiam de pedras ou galhos. Elas se penduravam com firmeza, à distância, e atacavam o alvo abaixo tão rápido quanto a luz, lançando seus corpos sobre suas presas como se fossem chicotes.

Todas essas coisas nocivas vieram ver o Aventureiro para atacá-lo. Mas quando souberam que ele estava destinado ao temível Castelo do Rei e viram como ele avançava sem medo, abstiveram-se da investida.

As mortais pítons e jiboias, imponentes ao alto com seus vincos colossais, estavam passivas e, por enquanto, tornaram-se como pedra. As najas recolheram suas presas venenosas. Os olhos mansos e profundamente intensos das serpentes fascinantes se tornaram sinistros com uma raiva perplexa quando sentiram seus poderes de encanto deixarem de funcionar. E, em sua descida mortal, a cobra suspensa parou no meio do caminho, ficando como uma linha frouxa pendurada de uma pedra ou um galho.

Muitos seguiram o Viajante pela deserta vastidão, esperando e ansiando por uma chance de destruí-lo.

Muitos outros perigos se apresentaram ao pobre Viajante no ocioso deserto. Enquanto ele seguia, o caminho rochoso se tornou mais íngreme e escuro. Nevoeiros lúgubres e neblinas geladas como a morte surgiram.

Havia coisas estranhas e terríveis nesse caminho pela vastidão sem rastros.

Mandrágoras – metade planta e metade humanas – guincharam para ele em um choro desesperado, pois, não podendo lhe fazer mal, esticavam os braços horripilantes em vão.

Espinhos gigantes surgiram no caminho; furaram os pés sofridos e rasgaram sua pele enquanto em frente ele seguia. Ele sentiu a dor, mas não lhe deu atenção.

Em sua longa e terrível jornada, pensou em apenas uma coisa além da busca por sua Amada. Pensou que as crianças humanas poderiam aprender muito com a jornada para o Castelo do Rei, que começava tão justa, passando por jardins perfumados e sob a fresca sombra de grandes árvores. Em seu coração, o Poeta se dirigiu às inúmeras crianças humanas; e, de seus lábios, as palavras fluíram como música, pois ele cantou sobre o Portal Dourado, o qual os Anjos chamam de Verdade.

"Pelo Portal da Terra do Sol Poente, não passem.
Parem onde os anjos sua vigília fazem.
Vos aviso, não sigam pela passagem desimpedida.
Fiquem aqui, onde a segurança é garantida.
São os perfumados jardins e frescas trilhas sedutores,
mas, mais além, trazem os sombrios vales seus horrores.
Pare! Aí mesmo! Enquanto ainda está são.
E não procure pelos horrores da deserta vastidão."

Então, passando por todos os obstáculos com seus pés sangrando, seguiu, sempre em frente, o perturbado Poeta, em busca de sua Amada no Castelo do Rei.

Ao mesmo tempo em que ele seguia em frente, a vida dos animais parecia perecer às suas costas. Os chacais e os animais selvagens mais covardes se esgueiraram para longe. Os leões e os tigres, e os ursos, e os lobos, e todas as mais corajosas das ferozes bestas que seguiram seus rastros mesmo após as outras terem ficado para trás, começavam agora a ficar pelo meio do caminho.

Elas rosnavam baixinho e depois rugiam bem alto com as cabeças erguidas; seus bigodes tremiam com ardor, e seus grandes e brancos dentes batiam uns contra os outros em perplexa fúria. Elas avançaram mais um pouco e pararam novamente, rosnando e rugindo como antes. Então, uma por uma, elas pararam, e o pobre Poeta seguiu sozinho.

No ar, os abutres circulavam e grasnavam, parando pelo caminho, tal qual as bestas selvagens. Eles também se detiveram por completo de seguir o Viajante em seu caminho em frente.

As que lhe fizeram companhia por mais tempo foram as cobras. Com muitas contorções e avanços sorrateiros, elas seguiram os firmes passos do Aventureiro. Nas marcas de sangue de seus pés deixadas sobre as pedras pontudas, as serpentes encontraram felicidade e esperança, e continuaram em frente.

Mas chegou o momento no qual o horrível aspecto dos lugares pelos quais o Poeta passava fez com que as cobras ficassem pelo caminho – os sombrios desfiladeiros de onde saíam os venenosos ventos que varriam com desolação até mesmo os covis das bestas; as estéreis fortalezas que marchavam pelos vales de desolação. Neste ponto, até mesmo as sorrateiras serpentes interromperam seu percurso; e elas também ficaram para trás. Deslizaram, sorrindo com um rancor mortal, de volta para suas fendas abomináveis.

Então, chegaram os locais nos quais as plantas e o verdor começaram a sumir. Surgiram mais ervas daninhas, tornando a terra cada vez mais improdutiva e árida. Mais ao longe, sucumbiram à esterilidade da pedra sem vida. Em seguida, as mais venenosas ervas, que cresciam em sinistros formatos de trevas e terror, perderam até mesmo o poder de causar dano, dano este que perdurava por mais tempo do que as ervas que o causavam. Definhando e atrofiadas até de seu mal, jaziam compactadas à pedra morta. Ali, até mesmo as árvores mais mortais não conseguiam afundar suas raízes na terra pestilenta.

Logo chegaram os locais nos quais, à entrada do Vale das Sombras, até as coisas sólidas perdiam sua substância e derretiam nas névoas gélidas e úmidas que tomavam o caminho.

Enquanto passava, o perturbado Poeta não conseguia sentir terra sólida sob seus pés sangrentos. Sobre as sombras ele andava e, cercado por elas, seguia em frente pelo Vale das Sombras em busca de sua Amada no Castelo do Rei,

O Vale das Sombras parecia não ter fim. Envolto pela neblina abundante, não havia olho que pudesse ver as grandes montanhas em meio às quais estava localizado o Vale.

Ainda assim, elas existiam: o Monte do Desespero de um lado e a Colina do Medo do outro.

Até aquele momento, o pobre e aturdido cérebro do Poeta não havia percebido todos os perigos, e horrores, e dores que o circundavam – exceto no que dizia respeito à lição que ensinavam. Mas agora, perdido como estava na névoa que o envolvia no Vale das Sombras, ele não pôde deixar de pensar nos terrores do caminho. Estava cercado de fantasmas macabros que, por vezes, surgiam silenciosos da neblina e logo em seguida se perdiam de novo, antes que o Poeta pudesse captar seus significados pavorosos.

Por sua alma, então, passou um terrível pensamento...

Seria possível que sua Amada tivesse viajado por tudo aquilo? Chegaram a ela as dores que faziam seu corpo tremer em agonia? Seria de fato necessário que ela fosse tomada por todos aqueles horrores que o cercavam?

Ao pensar nela, sua Amada, sofrendo tamanha dor e horror, ele soltou um grito amargurado que ecoou por toda a terra isolada – que ultrapassou as névoas do Vale e ecoou nas cavernas das montanhas do Desespero e do Medo.

O grito aloucado, prolongado pela agonia da alma do Poeta ecoou por todo o Vale, até que as sombras que o povoavam acordaram por um momento para a vida na morte. Elas se esvoaçaram palidamente, derretendo-se e logo voltando à vida – até que o Vale das Sombras tornou-se, ao menos uma vez, povoado por fantasmas revividos.

Ah, neste momento, havia agonia na alma do pobre Poeta perturbado.

Mas havia ali também uma calmaria. Quando os ânimos de seu primeiro desespero se acalmaram, o Poeta soube que os Mortos não sucumbiam aos horrores da jornada feita por ele. Os horrores do trajeto ao Castelo do Rei eram reservados aos Vivos. Com tal pensamento, veio ao Poeta uma calma tamanha que, mesmo ali, no escuro Vale das Sombras, ele pôde ouvir uma música suave, que lhe parecia, em meio às trevas do deserto, ser a Música das Esferas.

Então, o pobre Poeta se lembrou do que haviam lhe contado: que sua Amada havia andado pelo Vale das Sombras, que havia ouvido a Música das Esferas e que residia no Castelo do Rei. Deste modo, ele pensou que, como estava agora no Vale das Sombras, e como ouvia a Música das Esferas, então em breve veria o Castelo do Rei, onde sua Amada morava. Assim, ele seguiu, esperançoso.

Mas, ah! essa mesma esperança era uma nova dor, da qual ele não estava ciente antes.

Até o momento, ele havia seguido cegamente, sem se atentar aonde ia ou ao que se aproximava dele, contanto que continuasse avançando em sua jornada; mas agora, a escuridão e o perigo de seu caminho traziam novos terrores, pois ele pensou em como poderiam interromper seu rumo. Tais pensamentos tornaram o caminho longo, pois os momentos pareciam durar um século, devido à esperança. Ávido, ele procurou pelo fim, quando, para além do Vale das Sombras pelo qual passava, veria surgir as torres do Castelo do Rei.

O Poeta sentiu o desespero crescer em seu peito; e, enquanto ele crescia, soava, cada vez mais alto, a Música das Esferas.

Em frente, sempre em frente, apressou-se em louca urgência o pobre e perturbado Poeta. As pálidas sombras que povoavam a névoa encolheram-se quando ele passou, estendendo-lhe, em alerta, mãos com longos e melancólicos dedos de um frio mortal. No silêncio amargo do momento, elas pareciam dizer:

— Volte! Volte!

Cada vez mais alto tocava agora a Música das Esferas. E cada vez mais rápido, em uma louca e fervorosa urgência, apressava-se o Poeta, através das diminutas Sombras do melancólico Vale. As sombras que ali viviam, enquanto sumiam às suas costas, pareciam lamentar-se em um aflito aviso:

— Volte! Volte!

Em seus ouvidos, ainda tocava o avolumado tumulto da música.

Cada vez mais rápido, ele seguiu em frente. Até que, por fim, a fatigada natureza desistiu e ele caiu ao chão, perdendo os sentidos, sangrando e sozinho.

Após um tempo – quanto, exatamente, ele não tinha a menor ideia –, ele acordou de seu desmaio.

Por alguns momentos, não soube dizer onde estava; e seus sentidos dispersos não o ajudavam.

Tudo era melancolia e frio e tristeza. A solidão reinava ao seu redor, mais mortal do que ele jamais poderia imaginar. Não havia brisa alguma; nenhum movimento de nuvem passageira; nenhuma voz ou movimento de um ser vivo na terra, na água ou no ar; nenhum farfalhar de folhas ou balançar de um galho – tudo estava silencioso, morto e desértico. Em meio aos eternos montes de melancolia em volta, jazia o vale desprovido de qualquer coisa que vivesse ou crescesse.

A envolvente névoa, com sua multidão de sombras povoadoras, já havia passado. Os temíveis terrores do deserto não estavam mais lá. O Poeta, olhando ao seu redor, em sua absoluta solidão, desejou o arrebatamento da tempestade ou o rugido da avalanche para quebrar o pavoroso horror da silenciosa melancolia.

Assim, o Poeta soube que havia atravessado o Vale das Sombras; que, ainda que tivesse ficado assustado e enlouquecido, ouvira a Música das Esferas. Pensou, então, que agora trilhava arduamente pelo desolado Reino da Morte.

Ele olhou por toda a sua volta, temendo ver ali o aterrorizante Castelo do Rei, onde sua Amada residia; e ele grunhiu quando o medo em seu peito ganhou voz:

— Aqui não! Ah, aqui não, em meio a esta horrível solidão!

Então, envolto pelo silêncio ao redor, sobre os montes distantes, ecoou:

— Aqui não! Ah, aqui não.

Até que, com os ecos retumbando, a ociosa vastidão foi tomada por vozes.

De súbito, as vozes ecoadas cessaram.

Do céu sinistro irrompeu o terrível som do trovão, retumbando pelos céus distantes. Muito ao longe, após o infinito círculo do horizonte cinzento, ele perdurou – indo e voltando, ressoando, aumentando, morrendo. Transpassou o éter, sussurrando ora em tons agourentos de ameaça, ora explodindo com a voz de um comando terrível.

Em seu rugido, veio o som de duas palavras:

— Em frente.

O Poeta caiu de joelhos e recebeu, com lágrimas de alegria, a voz do trovão. Ela trazia consigo, como um Poder do Além, a silenciosa desolação da vastidão. Disse-lhe que, dentro e acima do Vale das Sombras, soavam as poderosas vozes dos comandos do Paraíso.

Então o Poeta se levantou e, com seu novo coração, seguiu vastidão adentro, em frente.

Enquanto prosseguia, o retumbar do trovão se aquietou e, mais uma vez, o silêncio da desolação reinou sozinho.

O tempo passava, mas o momento de descansar seus pés cansados não chegava. Em frente, ainda em frente, ele seguia, com apenas uma memória para animá-lo: o eco do trovão em seus ouvidos, soando no Vale da Desolação:

— Em frente! Em frente!

A estrada agora se tornava menos e menos pedregosa enquanto ele avançava. Os grandes penhascos desciam às profundezas e se estreitavam, fazendo o lodo dos pântanos subir até a base da montanha.

Por fim, as colinas e depressões das fortalezas das montanhas desapareceram. O Andarilho seguiu seu caminho em meio a meros desertos sem trilhas, onde não havia nada além de pântano e lodo trêmulos.

Seguiu em frente, sempre; cambaleando cegamente, com seus pés cansados, pela estrada infinita.

Acima de sua alma, pairava, cada vez mais perto, a escuridão do desespero. Enquanto ele trilhava em meio aos desfiladeiros das montanhas, uma migalha de felicidade veio da esperança de que, a qualquer momento, uma curva no caminho poderia lhe mostrar o final da jornada. Alguma reentrância em um desfiladeiro sombrio poderia lhe revelar, à distância – ou até mesmo próximo dele –, o temível Castelo do Rei. Contudo, por agora, com a pura desolação do silencioso pântano ao seu redor, ele sabia que o Castelo não existiria enquanto não pudesse ser visto.

Ele ficou um tempo em pé, parado, e vagarosamente se virou para que seus olhos ansiosos pudessem ver todo o horizonte à sua volta. Mas, ah! nada à vista. Não havia nada senão o escuro limite do horizonte, a triste terra se encostava ao nível do céu. Tudo, tudo estava tomado por um melancólico silêncio.

Mesmo assim, em frente ele cambaleou. Sua respiração era rápida e difícil. Seus membros exaustos tremiam num esforço débil de mantê-lo em pé. Sua força – sua vida – se esvaía com rapidez.

Em frente, em frente ele seguiu, sempre em frente, com uma ideia fixa e desesperada em sua pobre e perturbada mente: que, no Castelo do Rei, ele encontraria sua Amada.

Ele tropeçou e caiu. Não havia obstáculo que prendesse seus pés; caíra devido à própria fraqueza.

Foi rápido em se levantar e seguiu em frente com pés velozes. Ele temia não ser capaz de se levantar de novo, caso caísse.

Mas mais uma vez, caiu. E mais uma vez, se levantou e seguiu seu caminho desesperadamente, com um objetivo cego.

Por um tempo, foi em frente, tropeçando e caindo, porém sempre se levantando e nunca parando. Seguiu seu propósito de encontrar sua Amada residindo no Castelo do Rei.

Por fim, ficou tão fraco que, ao cair, foi incapaz de se levantar de novo.

Caído no chão, ele se tornava cada vez mais frágil. E passou, por seus olhos ansiosos, o filme da morte.

Contudo, mesmo isso o confortava. Pois sabia que havia terminado sua corrida e que, em breve, encontraria sua Amada nos salões do Castelo do Rei.

Falou para a vastidão o que pensava. Sua voz ressoou bastante fraca, como as lamúrias do vento logo antes de uma tempestade, ao passar pelas frestas no cinza outono:

— Só mais um pouco. Em breve irei me juntar a ela nos Salões do Rei; e nunca mais iremos nos separar. Só por isso já valeu a pena ter passado pelo Vale das Sombras e ter ouvido a Música das Esferas com sua dolorosa esperança. O que importa que o Castelo esteja longe? São rápidos os pés dos mortos. Para o espírito fugaz, toda distância é mínima. Não temo mais ver o Castelo do Rei; pois, lá, em seu mais glorioso Salão, devo encontrar minha amada, para nunca mais nos separarmos.

Mesmo enquanto falava, ele sentia que o fim estava próximo.

Do pântano à sua frente, subiu uma quieta neblina, que logo se espalhou. Subiu sem fazer som algum, indo cada vez mais alto, envolvendo a vastidão até muito longe. Enquanto subia, ia ficando mais escura. Era como se o Espírito da Melancolia se escondesse dentro dela, e ficasse cada vez mais poderoso à medida que ela se espalhava.

Aos olhos do Poeta moribundo, a crescente névoa foi tomando a forma da silhueta de um castelo. Surgiram as altas torres da carrancuda fortaleza. A entrada, com seus nichos cavernosos e suas salientes torres, formava um crânio. As distantes muralhas subiam, imponentes, no ar silencioso. Do mesmo chão no qual o Poeta abatido caíra, surgiu, tênue e sombria, uma estrada que levava à penumbra do portão do Castelo.

O Poeta moribundo levantou a cabeça. Seus olhos, que rapidamente deixavam de funcionar, porém revividos pelo amor e esperança de seu espírito, observaram além das escuras paredes dos prédios e dos sombrios terrores da entrada.

Ali, dentro do grandioso Salão onde o sombrio Rei dos Terrores reúne sua corte, ele viu aquela a quem procurava. Ela estava parada em meio àqueles que esperavam com paciência que seus Amados os seguissem à Terra dos Mortos.

O Poeta sabia que só precisava esperar mais um pouco, e foi paciente – ainda que estivesse ao chão, agonizante, envolto pela Solidão Eterna.

Ao longe, além do distante horizonte, surgiu a tênue luz do amanhecer de um novo dia.

Quanto mais clareava, mais nítido o Castelo se tornava. Até que, no revivido amanhecer, ele se revelou em toda a sua gélida expansão.

O Poeta moribundo sabia que o fim estava próximo. Com um último esforço, ele se levantou, para que, ousado e erguido, tal qual é direito dos fortes, pudesse se encontrar face a face com o sombrio Rei da Morte antes de se deparar com sua Amada.

O distante sol do dia vindouro surgiu sobre os limites do horizonte.

Um raio de luz se ergueu.

Quando o topo dos prédios do Castelo foi iluminado, o espírito do Poeta cruzou em um instante a estrada. Através do fantasmagórico portal do Castelo, ele passou e, alegre, encontrou-se com os Espíritos semelhantes ao que amava em frente ao próprio Rei da Morte.

Com mais rapidez do que um relâmpago, todo o Castelo se derreteu, até não sobrar nada. E o sol do dia vindouro brilhou com calma sobre a Solidão Eterna.

Na terra do outro lado do Portal, nasceu o sol do dia vindouro. Brilhou com calma e muita luz acima de um belo jardim, onde, sobre a grama de verão sem poda, jazia o Poeta, mais gélido do que as estátuas de mármore à sua volta.

O Cálice de Cristal

O Nascimento por Sonho

As águas azuis tocavam os muros do palácio; posso ouvir suas batidinhas suaves lavando o mármore sempre que presto atenção. Ao longe, no mar, posso ver as ondas reluzentes sob o sol, sempre sorrindo, sempre reluzindo, sempre ensolarado. Ondas felizes! Felizes em júbilo, felizes ao triplo por estarem livres!

Afasto-me do trabalho e vou até a parede, pulando até alcançar a embrasura. Agarro o canto de pedra e me puxo para cima, até conseguir sentar na borda da ampla janela. Mar, mar, até onde minha visão alcança. Para lá eu olho até meus olhos ficarem turvos; e, na turbidez de meus olhos, meu espírito encontra sua visão. Minha alma voa com as asas da memória, para além do mar azul e sorridente – além das ondas reluzentes e das navegações resplandecentes, até a terra que chamo de lar. Os minutos passam, e minha visão real parece ser restaurada, e olho ao meu redor, em minha antiga casa de nascença. A rústica simplicidade daquela moradia volta para mim como se fosse algo novo. Ali, vejo meus antigos livros, e manuscritos, e fotos, e ali, escondidas em prateleiras antigas e altas, acima da porta, vejo minhas primeiras tentativas grosseiras de arte.

Quão ruins elas me parecem agora! E ainda assim, estivesse eu livre, não daria a menor delas por tudo que agora possuo. Possuir? Como sonho.

Os sonhos me chamam de volta à vida acordada. Desço de meu assento à janela e me ponho a trabalhar freneticamente, pois cada reta que desenho no papel, cada nova forma que surge no gesso me deixa mais perto da liberdade. Farei um cálice cuja beleza será de humilhar até mesmo os gloriosos trabalhos da Grécia em seu auge! Certamente um amor como o meu e uma esperança como a minha deverá, com o tempo, trazer algum tipo de beleza à vida! Quando Ele olhar para isso, irá exclamar em êxtase e ordenar que me libertem no mesmo instante. Posso esquecer meu ódio e a profunda dívida de vingança que eu lhe devo quando penso em liberdade – mesmo se vier dele. Ah! então, nas asas da manhã voarei para além do mar, para o meu lar, para o lar dela, e a prenderei em um abraço, para nunca mais nos separarmos.

Mas, ah, Espírito do Dia! Se ela estiver... não. Não, não posso pensar nisso, ou ficarei louco. Ah, Tempo, Tempo! Criador e destruidor das fortunas dos homens, por que passas tão rápido para os outros enquanto se arrastas tão lentamente para mim? Mesmo agora, meu lar pode ter ficado desolado, e ela, minha noiva havia uma hora, pode estar em um sono calmo sob a terra gelada. Ah, esse suspense irá me enlouquecer! Trabalhar, trabalhar! A liberdade está próxima; Aurora será a recompensa de meu trabalho!

Assim, apresso-me a trabalhar; mas em minha mente e minhas mãos, igualmente acaloradas, não surge fogo ou força alguma. Quase enlouquecido pelo desespero, bato contra as paredes de minha prisão, e subo na embrasura, para mais uma vez observar o oceano, mas ali não encontro esperança. E deste modo fico até o anoitecer, que lança sobre a natureza sua manta de escuridão e afasta de mim a possibilidade de esforço por mais um dia.

Meus dias seguem, tornando-se semanas e meses. Tornar-se-ão anos, se apenas a vida permanecer como um hóspede indesejável em mim; pois o que é um homem sem esperança? E não está a esperança praticamente morta neste peito cansado?

* * * * *

Noite passada, em meus sonhos, veio a mim, como uma inspiração do Espírito do Dia, um modelo para o meu vaso.

Durante o dia, meu anseio por liberdade – por Aurora ou por notícias dela – multiplicou-se, e meu coração e meu cérebro estavam em chamas. Loucamente me joguei contra as barras de minha prisão, como um pássaro enjaulado. Loucamente pulei para meu assento à janela e, com os olhos explodindo, contemplei o livre mar aberto. Ali sentei-me, até que minha paixão se acalmasse; e então, dormi, e sonhei contigo, Aurora – contigo e com a liberdade. Em meus ouvidos, escutei mais uma vez a antiga canção que costumávamos cantar juntos, quando, crianças, passeávamos na praia; quando, já amantes, víamos o sol se pôr no oceano, e eu via sua glória duplicar, pois ele brilhava em teus olhos e suavizava-se contra tuas bochechas; e quando, já minha noiva, tu te agarraste em mim, e meus braços te apertaram, naquela deserta terra sem fim de onde surgiu o bando de piratas que me sequestrou. Ah, como minha alma amaldiçoa aqueles homens – não homens: demônios! Contudo, um solitário lampejo de felicidade deste acontecimento horroroso permanece: que minha luta atrasou aqueles diabos e que, antes que eu desmaiasse, esta mão direita mandou um deles direto para casa. Meu espírito se anima quando penso no golpe que te poupou de uma vida pior do que a morte. Com isso em mente, sinto minhas bochechas queimando, e minha testa inchando com potentes veias. Meus olhos queimam, e corro loucamente por meu lar-prisão.

— Ah, um de meus inimigos, se eu pudesse espalhar seus miolos por essas paredes de mármore e esmagar seu coração enquanto ele jaz à minha frente!

Essas paredes não o poupariam. Elas não têm pena, infelizmente! Sei muito bem disso.

— Ah, zombaria cruel da bondade, fazer de um palácio uma prisão e provocar o coração apertado de um prisioneiro com tais formas de beleza e mármore esculpido!

Maravilhosas, de fato, são essas paredes esculpidas! Há quem diga que são de extrema beleza; mas, ah, Aurora! Com o teu encanto defronte meus olhos, existe algo amável que alguém diga que possa ser belo para mim? Como alguém que encara o sol e depois não vê mais luz na Terra, pois a glória tingiu suas íris, é assim que teu encanto, ou a memória que dele tenho, transformou as mais belas coisas do mundo em escuridão e deformidade.

Em meu sonho, noite passada, quando, tal qual música vinda de longe, ao longo das águas, ouvi suavemente a antiga canção que costumávamos cantar juntos, veio a mim, como um raio de luz, uma ideia cuja grandeza me deixou sem reação por um momento. Diante de meus olhos surgiu um vaso de beleza tamanha que eu sabia que minha esperança havia ganhado vida, e que o Grande Espírito havia colocado meu pé no primeiro degrau que me levará deste palácio-calabouço até a liberdade e até você. Hoje, peguei um bloco de cristal, pois tão somente em uma substância tão diáfana posso dar corpo ao meu sonho, e comecei a trabalhar.

Notei, em um primeiro momento, que minhas mãos haviam perdido suas habilidades, e comecei a me desesperar, quando, tal qual a memória de um sonho, voltaram aos meus ouvidos as notas da antiga música. Cantei-a baixinho, para mim mesmo, e, ao fazê-lo, acalmei-me. Mas, ah! quão diferente soava a canção sem que tua voz, Aurora, fizesse dueto com a minha! Contudo, do que adianta sofrer? Ao trabalho! Ao trabalho! Cada toque de meu cinzel me levará para mais perto de ti.

*****

A cada dia que passa, fico mais perto de terminar o vaso. Canto enquanto trabalho, e a constante canção é aquela que amo tanto. Posso ouvir o eco de minha voz no vaso; e, quando termino, a última chorosa nota se prolonga em uma doce, triste música no cálice de cristal. Eu me aproximo para poder ouvir e, às vezes, choro ao escutar, de tão triste que é o eco de minha canção. Por mais que seja imperfeita, minha voz produz uma doce melodia, e o eco no cálice guia minhas mãos à perfeição enquanto trabalho. Se tua voz soasse com a minha, Aurora, o mundo veria um vaso de uma beleza inédita, pois nada jamais despertou tamanho fogo de amor dos homens pelo que é belo. Pois se consigo tal resultado em meio à tristeza, imperfeito como sou, desgostoso e solitário, o que eu faria em meio à felicidade, perfeito por estar contigo? Sei que meu trabalho é bom enquanto artista, e sinto que também enquanto homem; e o cálice em si, à medida que fica mais belo, dia após dia, providencia um eco cada vez mais claro. Ah, se eu trabalhasse feliz, como ele ecoaria com gosto nossas vozes! Ouviremos, então, tal eco e música como os mortais quase nunca ouvem; mas agora o eco cada vez, como minha canção, parece imperfeito. Fico cada dia mais fraco; mas continuo trabalhando – trabalhando com toda a minha alma –, pois não trabalho senão pela liberdade e por ti?

*****

Estou quase terminando. Dia após dia, hora após hora, fico mais perto de terminar o vaso. O eco fica cada vez mais claro quando canto; cada vez mais suave e cada vez mais triste e de apertar o coração ressoa o eco do choro ao final da canção. Dia após dia, fico cada vez mais fraco; ainda assim, trabalho com toda a minha alma. À noite, vem a mim o pensamento, enquanto penso em ti, que nunca mais te verei, que estou colocando minha vida neste cálice de cristal, e que lá ela ficará quando ele estiver pronto.

Tão lindo o cálice se tornou, amo-o tanto, que morreria feliz sendo o autor de tal trabalho, não fosse por ti, pelo amor que por ti sinto, pela esperança que por ti sinto, pelo medo que por ti sinto, e pela angústia que sinto pelo luto que sentirás ao saber que me fui.

*****

Meu trabalho precisa apenas dos toques finais. Minha vida se esvai lentamente, e sinto que, com meu último toque, minha vida passará para sempre para o cálice. Até que esse toque ocorra, não devo morrer – não irei morrer. Meu ódio passou. Tão grandes são meus erros, que minha vingança seria uma compensação pequena demais para minha desgraça. Deixo a vingança para alguém mais justo e forte do que eu. E por ti, ah, Aurora, por ti espero na terra das flores, onde tu e eu passearemos, para nunca mais nos separarmos, nunca mais! Ah, nunca mais! Adeus, Aurora... Aurora... Aurora!

O Festival da Beleza

O Festival da Beleza se aproxima rapidamente, ainda que não tão rápido quanto meu nobre mestre deseja. Ele parece não pensar em mais nada além de fazer deste o maior e melhor festival que já deu. Cinco verões atrás, seu Festival da Beleza foi o mais ilustre dentre todos que foram celebrados nos reinos vizinhos; ainda assim, mal acabaram as celebrações, mal os vitoriosos receberam seus prêmios, ele já planejava outro projeto gigante, cujo sucesso será testado tão logo a lua fique cheia. Era uma escolha ousada e uma execução ousada; escolhido e executado com tanta ousadia quanto era próprio do projeto de um monarca. Contudo, ainda não acho que terminará bem. Tal vontade após a finitude não deve ser saciada ao final; tal desejo, que faz com que um monarca jogue sua justiça real pela janela, almejando alcançar seu paraíso atravessando um deserto de esperanças arruinadas e vidas perdidas. Mas silêncio! Não devo ousar sequer pensar mal de meu mestre ou seus feitos; além do mais, as paredes têm ouvidos. Devo deixar tais tópicos perigosos de lado, e confinar meus pensamentos a seus limites devidos.

A lua rapidamente cresce e, à medida que fica cheia, aproxima-se o Festival da Beleza, cujo sucesso depende quase inteiramente de minha vigilância e cuidado; pois, se o regente do festival falhar em sua tarefa, quem preencheria seu lugar? Vejamos quais artes serão apresentadas e quais trabalhos competirão. Todas as artes terão troféus: poesias em suas variadas formas; escritos em prosa; esculturas entalhadas em diversos metais, vidros, madeiras e marfins; gemas esculpidas; joias decoradas; pinturas em telas, vidro, madeira, pedra e metal; músicas, tanto cantadas quanto instrumentais e danças. Se aquela moça cantar, teremos um verdadeiro triunfo musical; mas ela também aparenta estar doente. Todos os nossos melhores artistas ou adoecem ou morrem, ainda que prometamos liberdade, prêmios ou ambos se forem bem-sucedidos.

Com certeza nunca antes houve um Festival da Beleza tão belo ou ricamente endossado como este, o qual a lua cheia assistirá e ouvirá; mas, ah! o auge do festival será o cálice de cristal. Jamais estes olhos presenciaram tamanha beleza, tão maravilhosa mescla de substância e luz. Decerto algum poder mágico esteve envolvido na extração de tamanho encanto de um bloco frio de cristal. Devo tomar cuidado para que nenhum mal ocorra a esse vaso. Hoje, quando o toquei, ele ressoou tão alto que meu coração falhou uma batida, tamanho foi o medo de que algo tivesse ocorrido ao cálice. Assim sendo, até que eu o entregue ao meu mestre, mão alguma senão a minha tocará o vaso, para que nada aconteça com ele.

História estranha tem esse cálice. Ele nasceu na cela de um prisioneiro que foi separado de seu lar de artista, do outro lado do mar, em prol de aumentar o esplendor do festival com seu trabalho – o qual havia sido monitorado por espiões, rastreado e seguido até que o destino, cruel destino para o homem, entregou-o nas mãos dos emissários de meu mestre. Ele também, pobre mariposa, voou próximo às chamas: a promessa de liberdade o motivou a muito se esforçar, roubando-lhe a vida. A beleza do cálice lhe custou caro. Muitos prisioneiros se esqueceriam de suas condições ao trabalharem em um objeto tão encantador; mas ele parecia trazer sofrimento em seu peito, um sofrimento tão grande que extinguiu seu orgulho.

Como ele costumava delirar! Ele andava ao redor de sua câmara, subia na embrasura da janela e se punha a observar o mar. Pobre prisioneiro! Talvez, do outro lado do mar, aguardasse seu retorno alguém muito mais querido do que muitos cálices, mesmo cálices tão lindos quanto este, se é que poderiam existir... Bem, todos morreremos mais cedo ou mais tarde, e quem morre primeiro talvez escape de sofrer mais, quem sabe? Quando ele havia começado o cálice, cantava o dia inteiro, do momento que surgia o primeiro raio de sol, afugentando as nuvens noturnas, até avançarem as sombras da tarde, que expulsavam o sol para o oeste – e sempre a mesma música!

Como ele costumava cantar, e sozinho! Porém, vez por outra pensei ouvir não uma, mas duas vozes vindo de sua câmara... Nunca mais ecoará sua voz nas paredes de uma masmorra ou de uma colina ao ar livre. Nunca mais seus olhos contemplarão a beleza do cálice de cristal.

Ainda bem que ele não morreu antes de finalizá-lo. Com frequência eu tremia só de pensar em sua morte, pois via como ele ficava mais fraco dia após dia, à medida que trabalhava no cálice inacabado. Será justo que seus olhos nunca mais contemplem a beleza que nasceu de sua alma? Ah, nunca mais! Ah, Morte, sombria Rainha dos Terrores, quão cruel é teu cetro! Onipotente é a força de tua mão que nos convoca ao teu reino para além dos portais.

Se apenas tu, pobre prisioneiro, tivesses vivido o suficiente para contemplar teu triunfo, pois a vitória será tua no Festival da Beleza, de um modo que nenhum homem jamais conseguiu. Assim, tu talvez pudesses ter ouvido o grito que declara o vencedor da competição, e os aplausos que o acompanham enquanto ele sai, como um homem livre, pelos portões do palácio. Mas agora teu cálice será apresentado em meio a sorrisos de beleza, classe e poder, ao passo que tu jazes em tua solitária câmara, frio como o mármore das paredes que te circundam.

Afinal de contas, o festival será imperfeito, uma vez que não poderemos coroar todos os vitoriosos. Devo pedir instruções ao meu mestre de como preencher o lugar vazio de um competidor, caso ele vença. Assim tão tarde? Preciso vê-lo antes que termine seu descanso do meio-dia.

*****

Grande Espírito! Como estremeci ao ter a resposta de meu mestre.

Encontrei-o em suas câmaras, como é usual ao meio-dia. Ele estava deitado no sofá, sem trajar seus robes, quase adormecido; e o calmante Zéfiro, carregado com os ricos odores do jardim, soprava pelas janelas, impelido pelos leques de ambos os lados, embalando-o em um repouso completo. O cômodo escurecido estava fresco e silencioso. Da antecâmara, soavam os murmúrios de várias fontes, e o agradável salpicar das águas. "Ah, mas que felicidade", pensei, "que felicidade que o grande rei tenha tantos prazeres a seu dispor!" A brisa dos leques trazia as notas de harpas eólicas, e uma doce, confusa e feliz melodia surgia como as murmurantes vozes de crianças cantando ao longe nos vales, trazidas pelo vento.

No que entrei na câmara, com passos leves e prendendo a respiração, fui tomado por um tipo de horror. A mim, que nasci e passei toda a vida dentro dos terrenos da corte – a mim, que converso todos os dias com meu nobre mestre, seguindo suas detalhadas instruções acerca do festival vindouro – a mim, que durante minha vida inteira admirei meu rei como a um santo e venerei-o como a um imortal – a mim veio um sentimento de terror. Pois meu mestre, em seu cômodo silencioso, quase adormecido em meio à calmante melodia das harpas e fontes, assemelhava-se mais a um homem comum do que a um deus. Mal pensei nisso, estremeci, assustado, pois parecia-me que aquilo era um sacrilégio. Minha veneração a meu mestre majestoso era parte tão natural de mim, que durante pensar nele como outro homem era como uma anarquia de minha própria alma.

Aproximei-me do sofá e observei-o em silêncio. Ele parecia estar ouvindo em partes a música irregular; a melodia aumentava e diminuía à medida que seu peito subia e descia; ele respirava em uníssono com a canção.

Passado um momento ou dois, ele pareceu perceber que havia outra pessoa na sala, ainda que eu não tenha podido ver nenhuma mudança em sua feição que indicasse que ele ouvira algum som, e seus olhos ainda estavam fechados. Ele os abriu e, vendo-me, perguntou se estava tudo certo com o Festival da Beleza, pois era esta sua prioridade. Respondi que sim, estava, mas que eu precisava saber de Vossa Majestade como um lugar vago entre os competidores deveria ser preenchido.

— Vago como? — ele perguntou.

— Um deles morreu — respondi, e ele questionou rapidamente:

— Mas terminou o trabalho?

Quando eu lhe disse que terminara, ele voltou a se deitar no sofá, suspirando aliviado, pois havia se sentado devido à ansiedade enquanto fazia a pergunta. Então, passado um minuto, ele disse:

— Todos os competidores devem estar presentes no festival.

— Todos?

— Todos — ele repetiu. — Vivos ou mortos. Pois a antiga tradição deve ser mantida, e os vitoriosos, coroados. — Ele permaneceu em silêncio por mais um minuto e então, lentamente, disse: — Vitoriosos ou mártires. — E pude ver o espírito de rei voltando a ele, que continuou falando: — Este será meu último Festival da Beleza, e todos os prisioneiros deverão ser soltos. Já nasceu muito sofrimento de minha ambição. Muita injustiça desgraçou o nome do rei.

Nada mais ele disse, voltando a se deitar, quieto e de olhos fechados. Eu podia ver, pelo movimento de suas mãos e de seu peito, que alguma emoção forte o perturbava, e surgiu-me o pensamento: "Ele é um homem, mas permanece sendo rei. E, apesar de ser rei, a felicidade não o alcança. Grande Espírito da Justiça! Distribui a partir de si os prazeres e aflições a homem, rei e escravo de igual forma. Tu amas mais a quem tu dás paz!".

Gradualmente, meu mestre foi se acalmando e, aos poucos, caiu em um sono tranquilo. Mas, mesmo adormecido, respirava em uníssono com o crescente murmúrio das harpas.

— A cada um — murmurei baixinho — é dado algo em comum com o mundo da realidade das coisas. Tua vida, ó Rei, está atrelada por correntes de simpatia à voz da Verdade, que é Música. Estremece, para que na presença de grande tensão não sintas tua pequenez e morra!

E, em silêncio, deixei o cômodo.

A História do Luar

Lentamente, surjo da nascente das águas.

Por vezes, olho para trás ao subir em uma onda e vejo muitos de meu povo sentados sobre o topo das ondulações, como se estivessem em um trono. Assim, sigo por bastante tempo, com um poder que não desejo me impulsionando para frente, sem que haja vontade ou propósito de minha parte.

Após um tempo, subo na simulação de uma onda e vejo, ao longe, uma bruxuleante luz que brilha de um vasto palácio, através das incontáveis janelas, lamparinas e tochas. Mas, tão logo a vejo, como se minha chegada fosse um sinal, some em um instante.

Espero com impaciência pelo que irá acontecer; e, no que subo com cada batida de coração do mar, olho para onde as tochas haviam brilhado. Seria um feito da escuridão que apagou as luzes?

* * * * *

Chegou o momento no qual posso ver o palácio sem precisar montar nas ondas. Ele é feito de mármore branco, e ergue-se íngreme das águas. Sua face voltada para o mar é gloriosa, com colunas e estátuas; e, dos portões, descem os degraus de mármore, largos e amplos, até as águas e por baixo delas, para além de onde minha visão alcança.

Não ouço nada, não vejo luz alguma. Um silêncio solene reina, a calmaria perfeita.

Lentamente, escalo as paredes do palácio, meus irmãos me seguindo como soldados pela trincheira. Escorrego pelos telhados e, quando olho para trás, vejo as paredes e telhados brilhando como se cobertos de prata. Passado um tempo, encontro-me com algo liso, duro e translúcido; mas passo através disso e entro pelo vasto salão, onde, por um instante, pairo no ar e penso.

Minha chegada foi um presságio de tamanha harmonia, que traz de volta à minha memória a Música das Esferas, que invade o espaço; e, com o alegre hino de boas-vindas, sinto que sou de fato um espírito do sol, prole do sol, e que é esta minha homenagem a meu mestre.

Encaro o rosto do grande monarca, que se senta à ponta da mesa para o banquete. Ele vira a cabeça para cima e para trás, olhando como se estivesse esperando minha chegada. Ele se levanta e me recebe com a canção de boas--vindas, e todos os demais no salão se viram para mim também. Posso ver os brilhos de seus olhos. Ao longo da imensa mesa, cheia de pratos, taças e flores, as pessoas estão de pé, cada uma com uma taça de vinho tinto, com a qual brindam ao monarca quando a canção finda, bebendo ao sucesso dele e ao "Festival da Beleza".

Olho ao redor do salão. Uma câmara imensa, com paredes de mármore cobertas de figuras em baixo-relevo, afrescos e imagens esculpidas, emolduradas por grandes colunas, as quais sobem ao longo da superfície e apoiam um teto em abóboda, que traz pinturas maravilhosas; no centro, está a lanterna de vidro por onde entrei.

Nas paredes há quadros dos mais variados formatos e tamanhos e, no meio das mesas está uma plataforma elevada, na qual estão expostos diversos tipos de obras de arte.

Em um dos lados do salão, há um estrado, onde estão sentadas pessoas de ambos os gêneros, com rostos nobres e caras de lordes, mas todos com a mesma expressão de carinho, salpicada de esperança. Todos trazem pergaminhos nas mãos.

Do outro lado, havia um estrado semelhante, no qual estavam sentadas pessoas mais belas perante a visão terrestre, menos espirituais e mais marcadas pela paixão superficial. Elas seguravam partituras. Todas pareciam mais felizes do que os que estavam na outra plataforma, com exceção de uma mulher, sentada de cabeça baixa e semblante abatido, como se tivesse perdido a esperança. Minha luz foi para perto de seus pés, e ela olhou para cima, deixando-me feliz. A simpatia entre nós fez brotar um raio de esperança para alegrar aquela pobre face pálida.

Muitas são as obras de arte que estão na mesa de banquete, todas lindas de se olhar. Observo-as com prazer, uma por uma, até chegar na última delas, do lado oposto ao monarca, e as que vieram antes perdem seu brilho perante ela. O que nela fazia as demais formas de beleza se reduzirem a nada em comparação quando dela se aproximavam? Um cálice de cristal, forjado com habilidade tão assombrosa que a própria luz parecia perder sua glória ao brilhar por ele, mesclando-se à sua beleza.

— Ah, Mãe do Universo, deixe-me entrar ali. Deixe que minha vida se mescle à sua beleza, e nunca mais me arrependerei de minha força do sol, que se esconde nos confins das crateras de minha mãe-lua. Deixe-me viver ali e perecer ali, e serei feliz enquanto durar, satisfeito em atravessar o grande vórtex de nada e nascer de novo quando a glória do cálice sumir.

Será possível que meu desejo tenha sido realizado, que eu tenha entrado no cálice e me tornado parte de sua beleza?

— Grande Mãe, agradeço-lhe.

Será que o cálice tem vida? Ou é tão somente sua perfeição maravilhosa que o faz tremer, como as batidas de um coração, no ritmo da subida e descida da grande maré da natureza? Para mim, era como se tivesse vida.

Olho através das paredes de cristal e vejo, na extremidade da mesa, isolado dos outros, um homem sentado. Aquilo são cordas presas em seus membros? Não combinava a coroa de louros com aqueles olhos arregalados e ofuscados, e com aquela pele pálida. Muito estranho. Este Festival da Beleza esconde terríveis segredos e expõe maravilhosas obras.

Ouço uma voz cheia de uma doçura rica e estranha, porém hesitante... a voz de alguém que quase é rei por natureza. Ele se levanta; vejo-o através da parede de meu palácio. Ele chama um nome e volta a se sentar.

Mais uma vez, ouço uma voz da plataforma dos pergaminhos, o Trono das Faces; e mais uma vez vejo um homem que se levanta trêmulo, porém corado, como se a luz da manhã brilhasse sobre sua alma. Ele lê em ritmo cadenciado uma canção para minha mãe-lua, para o Festival da Beleza e para o Rei. Quando fala, não treme mais, em vez disso parece inspirado, e sua voz adquire um tom de poder e grandeza, ressoando pelas paredes e pela abóbada. Ouço suas palavras claramente, ainda que entristecidas em tom, no eco de meu lar de cristal. Ele conclui e se senta, quase desmaiando, em meio a uma salva de aplausos, com cada nota, cada batida ecoando tal qual as palavras.

O monarca volta a se levantar e chama o nome Aurora, pedindo-lhe que cante pela liberdade. O nome ecoa no cálice com um som doce e triste. Tão triste e tão desesperado foi o eco, que o salão pareceu escurecer e a cena, se ofuscar.

— É possível um espírito de sol estar de luto, ou um receptáculo de cristal chorar?

Ela, a moça abatida, levanta-se de seu lugar no Trono do Som, e todos os olhos se viram para ela, com exceção dos do homem pálido, com a coroa de louros. Três vezes ela tenta começar, e três vezes nada sai de seus lábios senão um suspiro seco e rouco, até que um homem velho, que estava andando pelo salão organizando coisas, grita, temendo que ela falhasse:

— Liberdade!

A palavra ecoa pelo cálice. Ela ouve, vira-se para ele e começa.

Ah, a melodia daquela voz! E, mesmo assim, não é perfeita sozinha, pois, após a primeira nota, ressoou um eco do cálice que aumentou de volume até tocar em uníssono com a voz; e o som dos dois juntos era como se uma única voz soasse docemente dos lábios do próprio Pai de Tudo. Tão doce que todos no salão permaneceram imóveis, sem ousar sequer respirar.

Na pausa após os primeiros versos da canção, ouço a voz do velho falando com um camarada, mas mais ninguém o escuta:

— Olhe para o rei. O espírito dele parece perdido em um transe da melodia. Ah! Temo o pior: quanto mais a canção se aproxima da perfeição, mais arrebatado ele se torna. Estremeço ao pensar que a última nota será sua sentença de morte.

E sua voz vai morrendo à medida que a cantora começa o último verso.

A música é triste e lamentosa; cheia de sentimentos e de um amor gentil, embora ofuscado por luto e desespero. À medida que canta, a voz da artista vai ficando cada vez mais doce, mais emocionante e mais real; e o cálice, minha casa de cristal, vibra mais e mais, devolvendo o eco. O monarca parece estar em transe, e ninguém se move no salão... A música termina em um choro selvagem, que parece arrancar o coração da cantora; e o cálice vibra ainda mais, devolvendo o eco. No momento em que a nota, longa e alta em volume, fica o mais aguda possível, o cálice, o Cálice de Cristal, meu maravilhoso lar, o presente do Pai de Todos, despedaça-se em milhões de átomos e morre.

Antes de me perder no grande vórtex, vejo a cantora levantar os braços e cair, liberta enfim, e o Rei em seu trono, com uma expressão gloriosa, mas pálido, com o tom da morte.

O Segredo do Ouro Nascente

Quando Margaret Delandre foi morar na Colina dos Brent, toda a vizinhança acordou com o cheiro de um escândalo completamente novo. Não eram poucos os escândalos com a família Delandre ou com a Brent, da Colina dos Brent; e, se a história secreta do condado fosse escrita por inteiro, ambos os nomes apareceriam bastante. É bem verdade que as duas famílias tinham situações tão distintas que poderiam até ter pertencido a continentes (ou mundos!) diferentes, e que seus caminhos não haviam se cruzado até então. Os Brent foram agraciados por todo o país com uma dominância social singular, e sempre se portaram como sendo muito superiores à classe de fazendeiros da qual Margaret Delandre fazia parte, tal qual os fidalgos espanhóis de sangue azul eram superiores aos camponeses que governavam.

Os Delandre vinham de uma linhagem antiquíssima, e tinham muito orgulho dela, assim como os Brent tinham orgulho da deles. Mas a família nunca ascendeu além das fazendas; e, por mais que já tivessem passado por épocas de vacas gordas nos bons e velhos tempos de guerras estrangeiras e protetorados, sua fortuna havia queimado sob os raios do sol do comércio livre e os "tranquilos tempos de paz". Haviam se recusado, como os antigos diziam, a "arredar pé" de suas terras e, portanto, radicaram-se ali de corpo e alma. Com efeito, tendo escolhido a vida dos vegetais, viveram tal qual suas plantações: florescendo nas estações boas e sofrendo nas ruins. Seu terreno, o Sítio dos Dander, parecia ter sido reformado de modo a ficar com a cara da família que o habitava. Esta decaiu geração após geração, sempre enviando um tiro abortivo de energia insatisfeita na forma de um soldado ou de um marinheiro, os quais se esforçavam para chegar às patentes mais baixas e lá paravam, seja pela coragem descuidada em ação ou pelo motivo que sempre destrói homens sem educação ou cuidado juvenil: a percepção de que não são bons o suficiente para preencher o cargo seguinte ao deles. Deste modo, pouco a pouco, a família foi decaindo cada vez mais, os homens tristes e insatisfeitos bebendo até morrerem, e as mulheres trabalhando em casa ou casando-se com alguém abaixo de seu nível... ou pior. No decorrer do tempo, todos desapareceram, deixando apenas duas pessoas no Sítio: Wykham Delandre e sua irmã, Margaret. O homem e a mulher pareciam ter herdado, nas formas masculinas e femininas, respectivamente, a tendência maligna de seu tipo, partilhando dos mesmos princípios, ainda que os manifestassem de modos distintos, de paixão taciturna, voluptuosidade e imprudência.

A história dos Brent tinha um quê de parecida, mas com as causas da decadência se mostrando em suas formas aristocráticas, não plebeias. Eles também mandaram seus filhos para a guerra, mas em patentes diferentes. Com frequência, recebiam medalhas de honra, pois eram invariavelmente valentes, e seus corajosos atos foram feitos antes de a dissipação egoísta que os marcou esgotar seus vigores.

O atual chefe da família – se é que "família" é o termo correto quando se tem apenas um membro de descendência direta – era Geoffrey Brent. Ele era de um tipo já meio gasto, mostrando ao mundo, por vezes, suas mais brilhantes qualidades e, por outras, uma degradação total. Podia ser comparado a alguns daqueles italianos nobres, imortalizados por pintores em sua bravura, sua falta de escrúpulos, seu refinamento de luxúria e sua crueldade – o voluptuoso da vez e um inimigo em potencial. Ele era com certeza atraente, dono de uma beleza sombria, aquilina e imponente, que as mulheres consideravam dominante. Em relação aos homens, ele era distante e frio; mas tal comportamento jamais afastou o gênero oposto. As leis inescrutáveis do sexo eram tais, que uma moça tímida não temia um homem destemido e soberbo. Deste modo, era rara a mulher que vivesse na Colina dos Brent que não nutrisse algum tipo de admiração secreta pelo cafajeste bonitão. Era uma categoria bastante ampla, pois a Colina dos Brent se erguia, íngreme, em uma região plana, e podia ser vista em um raio de quase duzentos quilômetros, com suas antigas e altas torres e seus telhados acentuados cortando a borda plana de bosques e aldeias, e suas mansões distantes umas das outras.

Contanto que Geoffrey Brent mantivesse suas libertinagens apenas em Londres, ou Paris, ou Viena (qualquer lugar longe de casa), ninguém falava nada. Era fácil não reagir a boatos distantes, e tratá-los com descrença, escárnio, desdém, ou qualquer outra atitude distante cabível. Mas quando o escândalo era perto de casa, a situação mudava; e os sentimentos de independência e integridade presentes nas pessoas de todas as comunidades que não estão completamente perdidas, manifestavam-se e ordenavam que se expressasse o repúdio. Mesmo assim, havia uma certa relutância no povo, e não se prestava mais atenção aos fatos do que o que fosse absolutamente necessário. Margaret Delandre se portava de modo tanto destemido, quanto convidativo; ela aceitara sua posição como a companheira legítima de Geoffrey Brent com tanta naturalidade, que as pessoas passaram a crer que os dois estavam casados em segredo e, por isso, consideraram por bem ficarem quietos, para caso o tempo justificasse as ações da moça e acabasse por torná-la uma inimiga.

A única pessoa que poderia acabar com as dúvidas estava impedida pelas circunstâncias de interferir no assunto. Wykham Delandre havia brigado com sua irmã – ou, talvez, tenha sido ela que brigou com ele –, e havia entre eles não um clima de neutralidade agressiva, mas um de ódio armado. A briga fora anterior à mudança de Margaret para a Colina dos Brent. Ela e Wykham quase trocaram socos. Com certeza havia ameaças de ambos os lados; e, por fim, tomado pela emoção, Wykham ordenou à sua irmã que fosse embora da casa dele. Ela se levantou de imediato e, sem sequer arrumar uma mala com seus pertences, saiu. Por um momento, ela parou à porta para gritar uma ameaça amargurada de que Wykham cairia em vergonha e desespero até o último momento de sua vida devido àquele momento. Algumas semanas se passaram depois disso, e a vizinhança tinha para si que Margaret fora a Londres quando ela apareceu de repente em um carro com Geoffrey Brent; então todos souberam, antes mesmo do anoitecer, que ela agora vivia na Colina dos Brent. Não era surpresa que Geoffrey tivesse voltado sem aviso, pois isso era comum. Nem mesmo os empregados dele sabiam quando esperá-lo de volta, pois havia uma porta particular, cuja chave apenas ele possuía, pela qual ele entrava às vezes, sem que ninguém da casa tivesse conhecimento de sua chegada. Era assim que ele normalmente aparecia após uma longa ausência.

Wykham Delandre ficou furioso com a notícia. Ele jurou vingança – e, para manter o sentimento em sua mente, bebeu mais do que nunca. Várias vezes tentou contatar sua irmã, mas ela recusou-se, com desprezo, a vê-lo. Ele tentou encontrar-se com Brent, mas este também recusou. Tentou, então, parar Brent na estrada, mas falhou, pois Geoffrey não era homem de ser parado contra a sua vontade. Foram diversos os encontros entre os dois homens, e houve ameaças de muitos outros, evitados. Por fim, Wykham Delandre resignou-se a aceitar a situação, ainda que desejoso de vingança e a contragosto.

Nem Margaret, nem Geoffrey eram muito pacíficos, e não tardou para que começassem a brigar entre si. Uma coisa levava à outra, e o vinho jorrava sem fim na Colina dos Brent. De quando em quando, as brigas tomavam um aspecto mais amargurado, e eles trocavam ameaças em um tom sem muito compromisso que espantava os empregados. Mas tais brigas normalmente acabam como as discussões domésticas: em reconciliação e em respeito mútuo às habilidades de briga proporcionais ao contexto. Brigar apenas pelo prazer de brigar é considerado, entre uma certa classe de pessoas, no mundo inteiro, como algo deveras interessante, e não há motivo para crer que o cenário doméstico diminua tal potência. Geoffrey e Margaret por vezes sumiam da Colina dos Brent e, em cada uma dessas ocasiões, Wykham Delandre sumia também. Contudo, uma vez que ele costumava ficar sabendo do sumiço do casal tarde demais para a informação lhe ser útil, sempre voltava para casa com uma mentalidade ainda mais amargurada e descontente do que antes.

Por fim, chegou um momento em que a ausência de Geoffrey e Margaret da Colina dos Brent se tornou mais longa do que o comum. Apenas alguns dias antes, tiveram uma briga mais severa do que jamais haviam tido antes; mas ela também havia se resolvido, e falou-se, na frente dos empregados, de uma viagem à capital. Dias depois, Wykham Delandre também viajou, e passaram-se algumas semanas antes que voltasse. Era notável que ele estava tomado por um sentimento novo – satisfação ou exaltação, era difícil dizer. Ele foi diretamente para a Colina dos Brent e exigiu falar com Geoffrey Brent. Ao ser informado de que ele não havia retornado ainda, disse, com uma resolução sombria percebida pelos empregados:

— Voltarei outro dia. As notícias que trago são sólidas, podem esperar. — E virou-se para ir embora.

As semanas passaram, e também os meses. Surgiu, então, um rumor, o qual foi confirmado depois, de que um acidente havia ocorrido no Vale Zermatt. Enquanto cruzava uma estrada perigosa, uma carruagem com uma moça inglesa e o cocheiro caiu de um precipício. O cavalheiro que os acompanhava, Sr. Geoffrey Brent, ficara a salvo, já que estava a pé para diminuir o peso e colaborar com os cavalos. Ele deu as informações, e uma busca foi feita. O comboio quebrado, a estrada esfolada e as marcas de onde os cavalos haviam lutado contra a queda antes de cair no rio – tudo isso contava a triste história. Era temporada de chuva, e caíra muita neve no inverno, então o rio estava mais cheio do que de costume, e os redemoinhos estavam cheios de gelo. As buscas foram feitas e, por fim, os destroços da carruagem e o corpo de um dos cavalos foi encontrado em um desses redemoinhos. Mais tarde, o corpo do cocheiro foi encontrado em uma área vazia, cheia de areia e tomada pelo rio, perto de Täsch. Mas o corpo da moça, assim como o do outro cavalo, desaparecera e, ao menos o que restara dele, girava nos redemoinhos do Ródano, em direção ao Lago de Genebra.

Wykham Delandre investigou tudo que podia, mas não achou pista alguma da mulher desaparecida. Encontrou, contudo, nos registros de vários hotéis, o nome de "Sr. e Sra. Brent". Ergueu uma lápide em Zermatt em memória de sua irmã, sob o nome de casada dela, e outra na igreja de Bretten, a paróquia na qual tanto a Colina dos Brent quanto o Sítio dos Dander estavam situados.

Passou-se quase um ano antes que os ânimos no que dizia respeito ao assunto se acalmassem e toda a vizinhança seguisse com a vida. Brent ainda estava ausente, e Delandre estava mais bêbado, melancólico e sombrio do que nunca.

Então, outro acontecimento trouxe a ansiedade geral de volta. A Colina dos Brent estava se preparando para receber uma nova senhoria. Fora anunciado oficialmente pelo próprio Geoffrey, em uma carta ao Vigário, que ele havia se casado há alguns meses com uma moça italiana, e que eles estavam voltando para casa. Assim, um pequeno exército invadiu a residência, tomando-a com sons de martelos e plainas e permeando a atmosfera com o cheiro de tinta e seladores. A ala sul da casa foi completamente refeita; depois disso, o grupo de homens foi embora, deixando para trás apenas os materiais para a reforma do salão antigo, que aconteceria após o retorno de Geoffrey Brent, pois ele havia ordenado que a decoração fosse feita sob a sua supervisão. Ele trouxera consigo desenhos precisos de como era o salão na casa do pai de sua noiva, pois desejava reproduzir o ambiente para ela, deixá-lo como ela estava acostumada. Como a sanca precisava ser completamente refeita, colocaram andaimes e tábuas lado a lado no salão principal, além de um grande tanque de madeira para misturar a cal, que estava bem ao lado, em sacos.

Quando a nova senhora da Colina dos Brent chegou, os sinos da igreja soaram e houve um júbilo geral. Ela era uma linda criatura, cheia de poesia, e fogo, e paixão típica do Sul; as poucas palavras em inglês que aprendera eram faladas de um modo tão doce e bonito, em um sotaque forte, que ela conquistou o coração do povo com a musicalidade de sua voz quase tanto como o conquistou com a beleza de seus olhos escuros.

Geoffrey Brent parecia mais feliz do que jamais aparentara ter sido; mas uma expressão ansiosa e sombria tomava seu rosto, e ela era novidade para aqueles que o conheciam há tempos. Além disso, ele se sobressaltava de quando em quando, como se ouvisse algo que os outros não ouviam.

Os meses se passaram, e espalhou-se o boato de que, finalmente, a Colina dos Brent teria um herdeiro. Geoffrey era muito gentil com sua esposa, e o novo laço que havia entre eles parecia tê-lo amolecido. Ele estava mais interessado em seus inquilinos e no que precisavam; e tanto ele como sua doce e jovem esposa participavam de diversos projetos de caridade. Ele parecia ter depositado toda a sua esperança na criança que estava por vir e, à medida que visualizava o futuro, a sombra que tomava sua expressão pouco a pouco desaparecia.

Durante todo esse tempo, Wykham Delandre nutria sua vingança. Nascera, no fundo de seu peito, um propósito de vingança que estava apenas esperando pela oportunidade de se cristalizar e tomar uma forma definitiva. Sua ideia vaga estava, de certo modo, centrada na esposa de Brent, pois ele sabia que aqueles por quem Brent nutria amor eram o melhor caminho para atingi-lo, e o momento parecia gestar a oportunidade pela qual ele ansiava. Certa noite, Wykham sentou-se sozinho em sua sala de estar. O cômodo outrora fora muito belo, a seu modo, mas o tempo e a negligência transformaram-no em algo pouco melhor do que uma ruína, sem dignidade ou beleza de qualquer tipo. Ele já vinha bebendo há algum tempo e estava consideravelmente embriagado. Achou ter ouvido um barulho, como se houvesse alguém à porta, e levantou o olhar. Então, em um tom meio agressivo, ordenou que a pessoa entrasse; mas não houve resposta. Murmurando uma blasfêmia, serviu outra dose de bebida. No momento, esquecera-se do mundo ao seu redor, e caiu em um estupor. Contudo, acordou de súbito, vendo à sua frente alguém – ou algo –, como se fosse uma versão ferida e fantasmagórica de sua irmã. Por alguns instantes, ele sentiu uma espécie de medo. A mulher à sua frente, com feições distorcidas e olhos ardentes, mal parecia humana, e o único aspecto que lembrava sua irmã como ela fora um dia, eram seus cheios cabelos dourados, e mesmo eles agora tinham mechas grisalhas. Ela encarou o irmão com um olhar frio e longo. E ele também, à medida que a olhava e se dava conta da realidade de sua presença, encontrou o ódio que já tivera por ela, que mais uma vez surgiu em seu peito. Toda a cólera taciturna do ano que se passara pareceu encontrar sua voz de uma só vez, e ele perguntou:

— Por que está aqui? Você está morta e enterrada.

— Estou aqui, Wykham Delandre, não por amor a você, mas porque odeio outro homem ainda mais do que a você — ela disse, com fúria queimando em seus olhos.

— Ele? — Wykham perguntou, em um sussurro tão feroz que até mesmo a mulher se sobressaltou por um momento, logo acalmando-se novamente.

— Sim, ele mesmo! — respondeu. — Mas não se engane, minha vingança é apenas minha. Usarei você tão somente para me ajudar a realizá-la.

De súbito, Wykham perguntou:

— Ele se casou com você?

A face distorcida da mulher alargou-se em uma tentativa sinistra de sorrir. Era uma zombaria hedionda, pois os traços quebrados e as cicatrizes costuradas tinham formatos estranhos e cores esquisitas, e bizarras linhas brancas apareciam quando os músculos tensionados encostavam nas cicatrizes antigas.

— Bem que você gostaria de saber! Inflaria seu ego saber que sua irmã foi casada de verdade! Pois você não terá resposta. Esta é minha vingança contra você, e não tenho a intenção de mudá-la nem em um milímetro. Vim aqui hoje apenas para deixá-lo saber que estou viva, para que haja uma testemunha caso ocorra alguma violência contra mim no local para onde estou indo.

— E que local é esse? — o irmão dela exigiu saber.

— Isso não é da sua conta! E não tenho intenção alguma de te deixar saber!

Wykham se levantou, mas a bebida o afetava, e ele cambaleou e caiu. Enquanto estava jogado ao chão, anunciou sua intenção de seguir a irmã; e, em um surto de ódio, disse que a seguiria pela escuridão com a luz dos cabelos e da beleza dela. Ouvindo isso, ela se virou e falou que havia outros além dele que lamentavam pelos cabelos e pela beleza dela.

— Assim como ele lamentará — ela chiou —, pois meus cabelos permanecem, ainda que a beleza tenha se esvaído. Quando ele tirou o pivô e nos mandou precipício abaixo, para o rio, não pensou em minha beleza. Talvez a beleza dele fosse prejudicada como a minha se ele tivesse sido levado pelas águas do Vispa, em meio às pedras, como eu fui, ou congelado pela correnteza. É bom que ele tome cuidado. O tempo dele está chegando!

E, com um gesto intenso, ela abriu a porta com força e saiu noite adentro.

* * * * *

Mais tarde, naquela mesma noite, a Sra. Brent, que já estava quase pegando no sono, acordou de repente e disse a seu marido:

— Geoffrey, isso não foi o clique de uma fechadura em algum lugar abaixo de nossa janela?

Contudo, por mais que ela achasse que Geoffrey havia se sobressaltado com o barulho também, ele parecia estar em um sono profundo, já com a respiração pesada. Mais uma vez, a Sra. Brent voltou a adormecer; mas desta vez, acordou pelo fato de seu marido ter se levantado e estar parcialmente vestido. Ele tinha uma palidez mortal e, quando a luz da lamparina que ele segurava iluminou seu rosto, a moça se assustou com a expressão em seu rosto.

— Geoffrey, o que houve? O que está fazendo? — ela perguntou.

— Silêncio, pequena — ele respondeu em uma voz rouca e estranha. — Volte a dormir. Estou inquieto, vou finalizar um trabalho que deixei pela metade.

— Faça-o aqui, meu esposo — ela pediu. — Sinto-me sozinha, tenho medo quando você está longe.

Em resposta, ele apenas lhe deu um beijo e saiu, fechando a porta atrás de si. Ela ficou ali, deitada e acordada, por mais algum tempo, até que a natureza se impusesse e ela voltasse a dormir.

Subitamente, acordou em um susto, com um grito abafado não muito longe dali ressoando em seus ouvidos. Ela se levantou de um pulo e foi até a porta, ouvindo com atenção, mas só havia silêncio. Cada vez mais preocupada com seu esposo, ela o chamou:

— Geoffrey! Geoffrey!

Alguns momentos depois, a porta do salão principal se abriu, e Geoffrey apareceu, mas sem sua lamparina.

— Quieta! — ele ordenou, em uma espécie de sussurro, e sua voz era grosseira e firme. — Quieta! Volte a dormir! Estou trabalhando, deixe de me atrapalhar. Volte a dormir e não acorde o resto da casa!

Com uma sensação ruim em seu peito, pois nunca ouvira tamanha grosseria na voz de seu esposo, ela se encolheu de volta na cama, tremendo, assustada demais para chorar, e prestando atenção em cada som. Houve um longo período de silêncio e, então, ouviu-se o som abafado de algo de ferro batendo várias vezes em alguma coisa! Em seguida, o barulho de uma pedra pesada caindo, seguido por um xingamento abafado. O som de algo sendo arrastado, e mais barulho de pedra sobre pedra. Enquanto tudo isso acontecia, ela ficou na cama, tomada por um medo agoniante, seu coração batendo em pavor. Ela ouviu o som curioso de algo sendo raspado; e, então, silêncio. A porta se abriu gentilmente, e Geoffrey apareceu. A moça fingiu estar adormecida; mas, por debaixo dos cílios, o viu lavar as mãos, que estavam sujas de algo branco que parecia cal.

Quando amanheceu, ele não falou nada sobre a noite anterior, e ela estava com medo demais para perguntar qualquer coisa.

Daquele dia em diante, uma sombra parecia pairar sobre Geoffrey Brent. Ele não comia ou dormia como antes, e seu antigo hábito de se virar de repente, como se alguém o tivesse chamado pelas costas, retornou. O salão antigo parecia fasciná-lo. Ele ia para lá várias vezes por dia, mas ficava impaciente se qualquer um, mesmo sua esposa, entrasse. Quando o contramestre veio lhe perguntar sobre a continuidade do trabalho, Geoffrey estava fora; o homem entrou no salão e, quando Geoffrey retornou, um empregado lhe contou que o contramestre havia chegado e lhe disse onde ele estava. Praguejando temerosamente, Geoffrey empurrou o empregado para o lado e correu até o salão antigo. O trabalhador o encontrou quase à porta, esbarrando nele quando Geoffrey invadiu o cômodo, e se desculpou:

— Perdão, senhor, vim apenas resolver algumas questões. Mandei trazer doze sacos de cal para cá, mas contei só dez.

— Para o inferno com os dez sacos e com os doze também! — foi a resposta rude e incompreensível.

O trabalhador ficou surpreso, e tentou mudar de assunto.

— Entendo, senhor. Houve um probleminha de nossa parte; mas é certeza que o governador vai resolver sem custos para o senhor.

— Como assim?

— A pedra da lareira, senhor. Algum idiota deve ter colocado um andaime em cima dela, e ela quebrou bem no meio. Isso mesmo sendo tão grossa que deveria aguentar qualquer coisa.

Geoffrey ficou em silêncio por um minuto, e então disse em uma voz controlada e com muito mais gentileza:

— Diga a seus homens que não vou fazer mais nada no salão por enquanto. Quero deixá-lo como está por mais um tempo.

— Sem problemas, senhor. Vou pedir para alguns rapazes virem aqui tirar esses andaimes e esses sacos de cal, e para arrumarem um pouquinho aqui.

— Não! Não! — respondeu Geoffrey. — Deixe como está. Deixe, eu lhe avisarei quando quiser que retomem o serviço.

Assim, o trabalhador foi embora, e comentou com o chefe:

— Eu mandaria a conta, senhor, pelo trabalho que já fizemos, mas ao que me parece o dinheiro está curto nesse momento.

*****

Vez ou outra, Delandre tentou parar Brent na estrada e, por fim, ao perceber que não conseguiria atingir seu objetivo, cavalgou atrás da carruagem, gritando:

— Que fim teve minha irmã, sua esposa?

Geoffrey açoitou os cavalos para que acelerassem, e Delandre, vendo seu rosto pálido e notando que sua esposa quase desmaiara, percebeu que havia conseguido o que queria e se afastou, fechando a cara e rindo.

Naquela noite, quando Geoffrey foi ao salão, foi até a grande lareira e, de súbito, desatou em um choro abafado. Com grande esforço, ele se recompôs e saiu, voltando com uma lamparina. Abaixou-se sobre a pedra quebrada da lareira para ver se a luz da lua que passava pela alta janela o havia enganado de algum modo. Então, com um lamento angustiado, caiu de joelhos.

Sem sombra de dúvidas, bem ali, na rachadura da pedra quebrada, surgiam várias mechas de cabelos dourados com um toque de grisalho!

Um barulho na porta o perturbou e, de canto de olho, ele viu a esposa à entrada do salão. Em desespero, fez o que pôde para que sua esposa não descobrisse o que acontecia e, levando um fósforo à lamparina, curvou-se e queimou os cabelos que nasciam na pedra quebrada. Levantando-se como se nada tivesse acontecido, fingiu surpresa ao ver a esposa ao seu lado.

Ele passou a semana seguinte em agonia. Pois, fosse sem querer ou de propósito, não conseguia passar um único momento sozinho no salão. Sempre que ia lá, encontrava mechas novas na rachadura, e tinha que controlar aquilo com cuidado, ou seu terrível segredo seria descoberto. Ele tentou achar um recipiente para o corpo da mulher assassinada que estava do lado de fora da casa, mas alguém sempre o interrompia. Uma vez, quando ele saía por sua porta particular, foi surpreendido por sua esposa, que começou a questioná-lo, e se mostrou surpresa por não ter notado antes a chave que ele agora, com muita relutância, mostrava para ela. Geoffrey amava muito sua esposa, e a mínima possibilidade de ela descobrir seus pavorosos segredos, ou mesmo de ela duvidar dele, já o enchia de angústia. Passados alguns dias, ele não pôde deixar de concluir que ela, no mínimo, suspeitava de algo.

Naquela mesma noite, ela foi até o salão após seu passeio e o encontrou, mal-humorado, sentado à frente da lareira abandonada. Ela falou diretamente com ele:

— Geoffrey, aquele homem, Delandre, veio falar comigo e disse coisas horríveis. Ele me contou que, há uma semana, a irmã dele retornou ao lar, destruída, arruinada, completamente mudada, exceto pelo cabelo dourado, e disse que tinha intenções ruins. Ele me perguntou onde ela está e... ah, Geoffrey, ela está morta, morta! Como poderia ter retornado? Ah! Estou apavorada, não sei o que fazer!

Em resposta, Geoffrey desatou a soltar blasfêmias, fazendo-a ter arrepios. Ele xingou Delandre e sua irmã, e todos do tipo deles, e, em especial, soltou xingamento atrás de xingamento acerca do cabelo dourado da moça.

— Ah, calma, calma! — ela pediu, silenciando em seguida por temer este estado de espírito que o marido agora demonstrava.

Em sua raiva, Geoffrey se levantou, afastando-se da lareira. Contudo, parou de súbito, percebendo uma nova expressão de terror nos olhos de sua esposa. Ele seguiu seu olhar e, então, apavorou-se também; pois ali, na pedra quebrada da lareira, havia uma linha cor de ouro, formada pelos cabelos que surgiam na rachadura.

— Veja! Veja! — ela gritou. — É um espírito dos mortos! Afaste-se, afaste-se!

E, puxando o marido pelo pulso no frenesi da loucura, ela o retirou do quarto.

Naquela noite, ela queimou em febre. O médico do distrito a atendeu de imediato, e um pedido de ajuda especial foi mandado por telegrama a Londres. Geoffrey estava desesperado e, em sua angústia perante o perigo que sua jovem esposa corria, quase se esqueceu de seu próprio crime e das consequências que ele traria. Mais tarde, o médico teve que ir embora para tratar de outros pacientes, mas deixou Geoffrey responsável por cuidar da moça. Suas últimas palavras foram:

— Lembre-se, o senhor deve distraí-la até que eu volte pela manhã, ou até que outro médico venha cuidar dela. Há o risco de ela ter outro ataque de nervos. Cuide para que permaneça aquecida. Fora isso, não há mais o que ser feito.

Já era tarde, e o resto da casa dormia quando a esposa de Geoffrey se levantou da cama e chamou por seu marido.

— Venha! Venha ao salão antigo! Sei de onde está vindo o ouro! Quero vê-lo crescer!

Geoffrey a teria impedido de bom grado, mas estava preocupado com a sua vida e sanidade. Temendo que, em um paroxismo, ela gritasse sua terrível suspeita, e vendo que era inútil tentar impedi-la, enrolou um cobertor grosso ao redor dela e a acompanhou até o salão antigo. Quando entraram, ela se virou e fechou a porta, trancando-a.

— Não queremos estranhos entre nós três esta noite! — sussurrou, com um sorriso pálido.

— Nós três!? Mas somos apenas dois — Geoffrey disse, arrepiando-se. Ele temia dizer qualquer coisa mais.

— Sente-se aqui — ordenou a esposa, apagando a luz. — Sente-se aqui, ao lado da lareira, e veja o ouro crescendo. A luz prateada da lua tem tanta inveja! Veja como se arrasta pelo chão até o ouro... nosso ouro!

Geoffrey a observava, sentindo seu pavor crescer cada vez mais, e notou que, nas horas que haviam se passado, o cabelo dourado brotara ainda mais sobre a pedra rachada. Ele tentou escondê-lo, colocando o pé por cima da rachadura; e sua esposa, puxando uma cadeira para perto dele, apoiou a cabeça em seu ombro.

— Não se mexa, meu querido — ela disse. — Vamos sentar aqui e observar. Vamos descobrir o segredo deste ouro nascente!

Ele a abraçou e ficou em silêncio. E enquanto a luz da lua se esparramava pelo chão, ela caiu em um sono profundo.

Ele temia acordá-la e, por isso, ficou em silêncio, sentindo-se um miserável enquanto as horas passavam.

Diante de seus olhos horrorizados, o cabelo cor de ouro na pedra quebrada crescia e crescia. E, quanto mais longo se tornava, mais gélido ficava seu coração, até que ele deixou de ter forças para se mexer e ficou ali, sentado, com o olhar aterrorizado, assistindo ao seu destino.

*****

Pela manhã, quando o médico de Londres chegou, não foi possível encontrar nem Geoffrey, nem sua esposa. Procuraram em todos os quartos, mas sem resultados. Em uma última tentativa, arrombaram a porta do antigo salão, e aqueles que entraram se depararam com uma visão sombria e triste.

Ali, na lareira abandonada, estavam sentados Geoffrey Brent e sua jovem esposa, gélidos, pálidos e mortos. O rosto dela estava em paz, e seus olhos estavam fechados, como quem dormia; mas o rosto dele fez todos estremecerem, pois havia nele um horror indescritível. Seus olhos estavam abertos e encaravam sem vida os próprios pés, amarrados com madeixas de cabelos dourados, com tons grisalhos, que saíam de uma rachadura na pedra da lareira.

O Hóspede de Drácula

Quando ficamos prontos para nossa viagem, o sol estava a pino sobre Munique e o ar estava cheio daquela felicidade de começo de verão.

Pouco antes de partirmos de fato, Herr Delbruck, o maître do hotel *Quatre Saisons*, onde eu estava hospedado, desceu sem sequer colocar seu chapéu até a carruagem e, após me desejar um bom passeio, disso ao cocheiro, sem soltar a porta do veículo:

— Não se esqueça de voltar antes do anoitecer. O sol parece estar claro, mas está vindo um vento do norte que indica uma possível tempestade. Mas estou certo de que você não irá se atrasar. — Então, sorriu, e disse: — Pois sabe o que teremos hoje à noite.

— Claro, *mein Herr* — respondeu Johann, sua voz firme. E, tocando seu chapéu, rapidamente saiu com a carruagem.

Já estávamos fora da cidade quando sinalizei para que ele parasse e lhe perguntei:

— Diga-me, Johann, o que irá acontecer hoje à noite?

Ele fez o sinal da cruz e, em uma resposta lacônica, disse:

— *Walpurgisnacht.* A Noite das Bruxas.

Então, pegou seu relógio, um belo, antigo e prateado objeto germânico, grande como um nabo, e o encarou, franzindo as sobrancelhas e encolhendo os ombros com impaciência. Percebi que esse era seu modo de protestar respeitosamente contra o atraso desnecessário e voltei à carruagem, ordenando-lhe com um mero gesto que seguisse em frente. Ele logo obedeceu, com pressa, como se para compensar o tempo perdido. De quando em quando, os cavalos pareciam levantar a cabeça e farejar o ar, apreensivos. Nestes momentos, eu olhava ao meu redor atentamente. A estrada estava bastante vazia, pois passávamos por uma espécie de planalto nas alturas, varrido pelo vento. Enquanto viajávamos, notei uma estrada que aparentava ser pouco usada e parecia dar em um valezinho sinuoso. Aquilo me atraiu de tal modo que, mesmo perante a possibilidade de ofendê-lo, pedi para Johann parar e, quando ele o fez, disse-lhe que queria seguir por aquela estrada. Ele deu todos os tipos de desculpas, e constantemente se embaralhou enquanto falava. De algum modo, isso atiçou ainda mais minha curiosidade, e lhe fiz diversas perguntas, às quais ele respondeu de um jeito muito defensivo, olhando para seu relógio com frequência em protesto.

Por fim, eu disse:

— Bem, Johann, quero seguir por aquela estrada. Não exigirei sua companhia, a menos que queira vir; peço apenas que me diga por que não quer vir.

Como resposta, ele pareceu se jogar para fora da carruagem, dada a velocidade com que chegou ao chão. Então, esticou as mãos em minha direção, gesticulando para eu não prosseguir. Havia inglês suficiente misturado com seu alemão para eu entender por cima o que ele estava dizendo. Ele me pareceu estar sempre prestes a me contar algo cujo mero conceito evidentemente o assustava; mas, todas as vezes, ele se levantava e repetia "*Walpurgisnacht!*".

Tentei argumentar, mas era difícil, uma vez que eu não falava seu idioma. Ele decerto tinha vantagem, pois, ainda que começasse a falar em um inglês bastante básico e falho, seus ânimos logo se exaltavam e ele mudava para sua língua nativa – e, a cada vez que fazia isso, olhava para o relógio. Então, os cavalos ficaram inquietos e farejaram o ar. Isso o deixou muito pálido e ele, olhando ao redor com muito medo, de súbito deu um pulo para frente e puxou os cavalos pelos freios por pouco mais de cinco metros. Eu o segui e perguntei o motivo de ter feito aquilo. Em resposta, ele fez o sinal da cruz, apontou para o lugar onde estávamos antes e puxou a carruagem na direção da outra estrada, indicando uma cruz. Então, disse, primeiro em alemão e depois em inglês:

— Enterrado ali... Ele, que matou a si mesmo.

Lembrei-me do antigo costume de enterrar suicidas em encruzilhadas.

— Ah, entendo. Um suicídio. Que interessante!

Contudo, por mais que tentasse, eu não conseguia entender o que havia assustado os cavalos.

Enquanto falávamos, ouvi um som semelhante a um ganido ou um latido. Veio de longe, mas inquietou os cavalos, e Johann levou bastante tempo para acalmá-los novamente. Ele estava pálido quando disse:

— Acho que era um lobo... Mas não há lobos aqui agora.

— Não? — perguntei. — Os lobos não estiveram perto da cidade há pouco tempo?

— Faz tempo, muito tempo. Na primavera e no verão. Mas, com neve, faz tempo que os lobos não vêm aqui.

Enquanto ele acariciava os cavalos, ainda tentando acalmá-los, nuvens negras passaram rapidamente pelo céu. A luz do sol morreu, e um sopro de vento gelado passou por nós. Era um sopro leve, no entanto, mais como uma impressão do que um fato, e logo o sol voltou a brilhar.

Johann pôs a mão sobre a testa e olhou por debaixo dela para o horizonte, dizendo:

— A tempestade de neve... ele estará aqui em breve.

Então, olhou para o relógio mais uma vez e, segurando firmemente os freios – pois os cavalos ainda batiam com os cascos no chão, inquietos, balançando a cabeça –, subiu para a carruagem como se houvesse chegado a hora de seguirmos viagem.

Um tanto quanto persistente, não o segui em um primeiro momento. Em vez disso, pedi, apontando para baixo:

— Conte-me mais sobre o lugar ao fim desta estrada.

Ele fez o sinal da cruz de novo e murmurou uma oração antes de responder:

— É profano.

— O que é profano?

— O vilarejo.

— Tem um vilarejo, então?

— Não, não. Há centenas de anos ninguém lá mora.

Isso atiçou minha curiosidade.

— Mas você disse que tinha um vilarejo.

— Tinha.

— O que aconteceu com ele?

Isso o fez começar a contar uma longa história, tanto em alemão quanto em inglês, tão misturados que eu não conseguia entender exatamente o que ele estava dizendo. Por cima, entendi que há muito tempo, centenas de anos, pessoas haviam morrido ali e sido enterradas em covas. Mas ouvia-se sons vindos de debaixo da terra e, quando as covas foram reabertas, homens e mulheres foram encontrados rosados de vida e com as bocas cheias de sangue. Assim, no ímpeto de salvarem as próprias vidas ("eh, e as almas também!", e ele fez o sinal da cruz), aqueles que sobraram fugiram para outros lugares, nos quais os vivos estavam vivos e os mortos estavam mortos, em vez de estarem... daquele jeito. Era evidente que ele temia dizer aquelas últimas palavras. À medida que seguia com a história, ficava cada vez mais animado. Parecia que sua imaginação o tinha conquistado, e ele terminou seu relato pálido de medo, transpirando, trêmulo, e olhando ao seu redor como se esperasse que alguma presença terrível se manifestasse ali mesmo, naquele campo aberto em plena luz do dia.

Por fim, em uma agonia desesperada, ele gritou, sinalizando para eu entrar na carruagem:

— *Walpurgisnacht!*

Todo o meu sangue inglês ferveu com isso e, dando um passo para trás, eu disse:

— Você está com medo, Johann! Com medo! Vá para casa, eu voltarei sozinho. Uma caminhada me fará bem.

A porta da carruagem estava aberta. De meu assento, peguei minha bengala de carvalho, que eu sempre trazia comigo nessas excursões de férias, e fechei a porta, apontando na direção de Munique e dizendo:

— Volte para casa, Johann. *Walpurgisnacht* não é algo que preocupe um inglês.

Os cavalos agora estavam mais nervosos do que nunca, e Johann estava tentando controlá-los, enquanto ansiosamente me implorava para não fazer algo tão tolo. Fiquei com pena do pobre homem, pois sua preocupação era genuína; porém, ao mesmo tempo, não pude deixar de rir. Ele já não falava mais inglês. Em sua ansiedade, esquecera-se de que o único modo de eu o entender era se falasse meu idioma, e ele se pôs a balbuciar sem parar em seu alemão. Aquilo logo se tornou entediante. Após ordenar uma última vez que ele voltasse para casa, virei-me e segui pela encruzilhada até o vilarejo.

Com um gesto desesperado, Johann virou os cavalos na direção de Munique. Apoiei-me em minha bengala e observei-o partir. Por um tempo, ele seguiu vagarosamente pela estrada, mas, então, surgiu à sua frente um homem alto e magro. Era só o que eu conseguia ver à distância. Quando o homem se aproximou dos cavalos, eles começaram a pular, dar coices e relinchar aterrorizados. Johann não conseguiu contê-los, e eles correram estrada afora enlouquecidamente. Observei-os até que sumissem de vista e, então, procurei pelo homem estranho, mas ele também havia sumido.

Aliviado, virei-me para seguir pela íngreme descida até o vilarejo que Johann se recusara a trilhar. Até onde eu podia ver, não havia motivo nenhum para sua objeção. Ouso dizer, ainda, que andei por algumas horas sem sequer pensar em tempo ou distância e certamente sem ver pessoa ou casa alguma. Aquele lugar era a própria definição de "desolado". Mas eu mal havia me dado conta dessa particularidade quando, virando em uma curva da estrada, deparei-me com os limites de um bosque. Só então notei que eu estivera inconscientemente impressionado pelo isolamento da região pela qual passara.

Sentei-me para descansar, e comecei a olhar à minha volta. Notei que estava consideravelmente mais frio do que quando eu começara a caminhar. Havia agora ao meu redor uma espécie de som de suspiro, acompanhado, de quando em quando, bem ao alto, por algo parecido com um rugido abafado. Olhando para cima, notei que grandes e pesadas nuvens surgiam no céu, de norte a sul, bastante altas. Eram sinais, em uma das elevadas camadas de ar, de que havia uma tempestade a caminho. Eu estava com um pouco de frio e, assumindo que isso se dava por eu ter me sentado após caminhar, voltei à minha jornada.

O terreno que eu percorria era muito mais pitoresco agora. Não havia nenhum aspecto em destaque, que atraísse aos olhos, mas havia um charme geral de beleza. Não me atentei ao tempo passado, e foi apenas quando o crepúsculo me pegou de surpresa que comecei a pensar em procurar o caminho de volta.

O ar estava gélido, e a movimentação das nuvens no céu estava mais marcada. Acompanhava-as um som rápido e distante, de pouco em pouco: aquele ganido misterioso que o cocheiro disse vir de lobos. Por um instante, hesitei. Eu havia dito que veria o vilarejo abandonado e, por isso, segui em frente e acabei por me encontrar em um largo campo aberto, circundado por montes, cujas laterais estavam cobertas por árvores que se espalhavam por toda a planície, amontoando-se nas encostas e pontos mais fundos aqui e ali. Acompanhei com os olhos as curvas da estrada e vi que ela virava em um desses amontoados mais densos, perdendo-se por trás dele.

No que olhei para lá, soprou sobre mim um vento gélido, e neve começou a cair. Pensei nos vários quilômetros de terras desertas que havia percorrido e corri para procurar abrigo no bosque à minha frente. O céu escurecia cada vez mais, e a neve caía com cada vez mais força, até que o chão atrás de mim e ao meu redor se tornou um carpete de branco brilhante, cujas pontas estavam perdidas na neblina distante. Era possível ver a estrada, mas pouco, devido à grossa camada de neve. Não tardou para que eu notasse ter me desviado do caminho, pois não sentia mais a dureza da estrada sob meus pés, que afundavam na grama e no lodo. Então, o vento soprou mais forte, cada vez mais forte, até que eu não conseguisse mais lutar contra ele, deixando-o me levar para frente. O ar tornou-se gélido e, apesar de meu porte físico, comecei a ter dificuldades. A neve estava agora tão espessa, caindo ao meu redor com tamanha velocidade, que eu mal conseguia manter os olhos abertos. De vez em quando, os céus se abriam com um vívido relâmpago e, nos clarões, eu podia ver à minha frente um amontoado de árvores, em especial teixos e ciprestes, todas cobertas por uma grossa camada de neve.

Logo, eu estava sob a proteção das árvores e ali, naquele relativo silêncio, podia ouvir o forte sopro do vento acima de mim. No momento, a escuridão da tempestade havia se fundido à escuridão da noite. Pouco a pouco, a tempestade parecia estar passando, vindo agora apenas em breves baques de chuva. Em tais ocasiões, o estranho som de lobos parecia encontrar uma resposta nos demais sons ao meu redor.

De quando em quando, através da massa negra de nuvens passageiras, surgia um único raio de luz da lua, que iluminava o terreno e revelava que eu estava na beira de um denso grupo de teixos e ciprestes. Quando a neve parou de cair, saí de meu abrigo e fui investigar mais de perto. Parecia-me que, dentre as muitas construções antigas pelas quais eu havia passado, talvez ainda houvesse uma casa em pé que, apesar de estar em ruínas, poderia me fornecer abrigo por um tempo. Enquanto eu andava pelos limites do bosque, notei um muro baixo em volta dele e, seguindo-o, achei uma abertura. Ali, os ciprestes formavam um beco que levava a uma construção quadrada, algum tipo de prédio. Contudo, tão logo percebi isso, as nuvens cobriram a lua, e eu passei por aquele caminho imerso na mais completa escuridão. O vento deve ter ficado mais frio, pois estremeci enquanto andava. Porém, havia a promessa de um abrigo, e fui cegamente apalpando meus arredores para me guiar.

Parei, pois de súbito ficou tudo muito quieto. A tempestade havia passado; e, talvez em simpatia ao silêncio da natureza, meu coração pareceu parar de bater. Foi apenas por um instante, contudo, pois de repente a luz da lua surgiu por entre as nuvens, mostrando-me que eu estava em um cemitério e que o objeto quadrado à minha frente era uma gigantesca tumba de mármore, branca como a neve que a cobria e envolvia. Com o luar, veio também o forte sopro da tempestade, que voltou às atividades com um longo e baixo uivo, tal qual muitos cães ou lobos. Eu estava impressionado e em choque, e senti o frio perceptivelmente crescendo em mim, até parecer agarrar meu coração. Então, enquanto o luar ainda iluminava a tumba de mármore, a tempestade deu outro sinal de que voltava. Impelido por uma espécie de fascínio, aproximei-me da sepultura para ver o que era, e por que tal construção estava isolada naquele lugar. Andei em volta dela e vi que ela trazia, em sua porta de estilo dórico, o seguinte inscrito, em alemão:

Condessa Dolingen de Gratz
em Estíria
Procurou pela morte e a encontrou
1801

No topo da tumba, cuja estrutura era de alguns grandes blocos de pedra, aparentemente atravessava o mármore um grande aguilhão ou uma estaca. Dando a volta, vi, inscrito em russo:

A viagem dos mortos é rápida.

Havia algo de muito estranho naquilo tudo, que fez meu estômago revirar e me deixou um pouco enojado. Pela primeira vez, me pus a pensar que deveria ter seguido o conselho de Johann. Então, veio a mim, sob circunstâncias misteriosas e causando-me grande choque, a percepção de que aquela era a noite de Walpurgis!

A noite de Walpurgis era quando, segundo a crença de milhares de pessoas, o diabo estava à solta; era quando as sepulturas eram abertas e os mortos saíam e andavam; quando todas as coisas malignas da terra, do ar e da água se divertiam. Aquele lugar em específico era o que o cocheiro havia evitado. Era um vilarejo de séculos atrás no qual mais ninguém vivia. Era a terra do suicídio. E era onde eu me encontrava sozinho, sem ninguém ao meu lado, tremendo de frio, em meio a uma montanha de neve e com uma forte tempestade se aproximando! Precisei de toda a filosofia, toda a religião e toda a coragem que tinha para não desmaiar ali mesmo de tanto pavor.

E agora, ainda por cima, um furacão se aproximava. O chão tremia como se milhares de cavalos passassem por ali. E, desta vez, a tempestade trazia em seus ventos gélidos não neve, mas grandes pedaços de granizo que caíam com tamanha violência, que pareciam estar sendo jogados por soldados da mais precisa mira. O granizo derrubava folhas e galhos, fazendo com que o abrigo provido pelos ciprestes equivalesse ao de um milharal. De início, apenas corri para debaixo da árvore vizinha, mas logo percebi que apenas um lugar parecia capaz de me proteger de fato: a tumba de mármore com a grande porta dórica. Agachado ao lado da porta, eu tinha um pouco mais de proteção contra a queda do granizo, que agora só me alcançava após ricochetear no chão e na lateral do mármore.

No que eu me recostei à porta, ela se moveu ligeiramente e se abriu para dentro. Até mesmo o abrigo de um mausoléu era mais convidativo do que aquela impiedosa tempestade, e eu estava prestes a entrar quando o clarão de um relâmpago iluminou o céu inteiro. Neste instante, ao olhar para a escuridão da sepultura, juro por minha vida que vi uma linda mulher, de bochechas rosadas e lábios vermelhos, aparentemente dormindo em um caixão. Ao rufar do trovão, fui agarrado pela mão de um gigante e arrastado de volta para a tempestade.

Foi tudo tão súbito que, antes que eu me desse conta do choque, tanto psicológico quanto físico, vi-me sendo atacado pelo granizo. Ao mesmo tempo, tive a forte e estranha impressão de não estar sozinho. Olhei na direção da tumba. No mesmo instante, outro clarão iluminou tudo ao meu redor, caindo no aguilhão que coroava a sepultura, trespassando-a até a terra, esmigalhando o mármore em uma explosão. A falecida mulher se levantou em um momento de agonia, engolfada pelas chamas, e seu amargo grito de dor foi engolido pelo som do trovão. A última coisa que ouvi foi essa mistura de sons terríveis, pois mais uma vez fui agarrado pela mão gigante e arrastado para longe, enquanto o granizo batia em mim e o ar ao meu redor parecia reverberar o uivo dos lobos. A última coisa que lembro de ter visto, através da palidez da neblina, foi um vago e branco amontoado se movendo, como se os túmulos ao meu redor tivessem enviado à terra seus mortos amortalhados, e eles estivessem fechando um cerco ao meu redor.

*****

Pouco a pouco, veio a mim um vago princípio de consciência e, logo em seguida, uma terrível sensação de cansaço. Por alguns segundos, não me lembrei de nada, mas, aos poucos, tudo foi voltando. Meus pés doíam muito, porém eu não conseguia movê-los. Era como se estivessem paralisados. Eu sentia algo gelado em minha nuca, descendo pelas minhas costas, e meus ouvidos, tal qual meus pés, estavam como que mortos, embora ainda sentissem dor; contudo, havia em meu peito um calor que, por comparação, era ótimo. Tudo aquilo era um pesadelo – um pesadelo físico, se tal expressão pode ser usada, pois havia um peso em meu peito que dificultava minha respiração.

Esses momentos de semiletargia se alongaram por bastante tempo, e devo ter acabado dormindo ou desmaiando. Então, senti um grande asco, como o primeiro estágio de uma ânsia de vômito, e um desejo selvagem de me libertar de algo – mas do quê, eu não sabia dizer. Uma quietude me envolvia, como se o mundo estivesse adormecido ou morto, e ela era interrompida apenas pela respiração ofegante de algum tipo de animal perto de mim. Senti algo quente raspando minha garganta e, em seguida, percebi a horrorosa verdade, que gelou meu coração e fez o sangue correr por meu cérebro: uma besta estava deitada sobre mim, lambendo minha garganta. Fiquei com medo de me mover, pois algum instinto de prudência me ordenou a permanecer imóvel; mas a criatura pareceu perceber que algo havia mudado em mim, pois levantou a cabeça. Através de meus cílios, pude ver acima de mim dois olhos em chamas de um gigante lobo. Seus dentes brancos e afiados brilhavam na vermelha boca aberta, e senti seu bafo quente e pungente.

Passou-se mais um tempo do qual nada me lembro. Então, tornei-me consciente de um rosnado baixo, seguido de um ganido, de novo e de novo e de novo. Em seguida, ouvi um som animalesco indistinto entoado por muitas vozes, em uníssono. Com muito cuidado, levantei a cabeça e olhei em direção ao som, mas o cemitério bloqueava minha visão. O lobo continuava ganindo de um jeito estranho, e um borrão vermelho passou a se mover no meio do bosque de ciprestes, como se seguindo o som. As vozes começaram a se aproximar, e o lobo passou a ganir cada vez mais rápido e mais alto. Fiquei com medo de me mover ou fazer algum barulho. O borrão vermelho que passava pela mortalha estendida sobre a escuridão ao meu redor se aproximava mais e mais. Então, de uma só vez, surgiu do meio das árvores uma trupe de cavaleiros trazendo tochas. O lobo saiu de cima de meu peito e correu para o cemitério. Vi um dos cavaleiros (soldados, a julgar pelo chapéu e longo casaco militar) levantar a carabina e mirar. Um colega bateu em seu braço, e ouvi um zunido por cima de minha cabeça. Era certo que ele havia confundido a minha silhueta com a do lobo. Outro soldado viu o animal fugindo e tentou atirar nele. Então, galopando, a tropa seguiu (alguns na minha direção, outros seguindo o lobo que havia desaparecido em meio aos ciprestes tomados pela neve).

Eles estavam chegando perto de mim, e tentei me mover, mas não consegui, ainda que conseguisse ver e ouvir tudo ao meu redor. Dois ou três soldados saltaram de seus cavalos e se ajoelharam ao meu lado. Um deles levantou minha cabeça e pôs a mão sobre meu coração.

— Boas novas, camaradas! — gritou. — Ainda está com o coração batendo!

Então, senti o conhaque descendo por minha garganta. Isso me deixou mais forte, e consegui abrir meus olhos por completo e olhar à minha volta. Luzes e sombras se moviam em meio às árvores, e ouvi os homens chamando uns aos outros. Eles se juntaram, gritando assustados; e as luzes piscaram quando outros soldados saíram do cemitério aterrorizados, correndo, como homens possuídos. Quando os últimos se aproximaram, os que estavam ao meu redor perguntaram:

— Bem, vocês o encontraram?

A resposta veio apressada:

— Não! Não! Vamos logo, rápido! Não devemos ficar aqui, ainda mais nesta noite!

— O que foi? — veio a pergunta, feita em vários tons. Várias respostas sucederam, e todas, sem dúvida, como se os homens se sentissem impelidos a falar, mas não pudessem por medo de materializar seus medos.

— Aquilo... Isso... É fato! — gaguejou um deles, cuja coragem havia desaparecido naquele momento.

— Era um lobo... mas não bem um lobo! — outro disse, tremendo.

— Não adianta tentar usar as balas sagradas nele — um terceiro afirmou, de uma maneira mais controlada.

— Nós merecemos isso por termos saído hoje à noite! Mal valem os mil marcos! — gritavam por todos os cantos.

— Havia sangue no mármore quebrado — disse outro, após uma pausa. — Isso não foi ação do raio. E quanto a ele... está bem? Examine a garganta! Vejam, camaradas, o lobo ficou deitado em cima dele, mantendo o sangue dele quente.

Um dos soldados examinou meu pescoço e respondeu:

— Ele está bem, a pele não foi perfurada. O que isso tudo significa? Nunca o teríamos encontrado, senão pelo ganido do lobo.

— E que fim teve o lobo? — perguntou o homem que segurava minha cabeça e que parecia ser o menos afetado pelo pânico do grupo, pois suas mãos estavam firmes, sem tremer. Em sua manga, vi a patente de sargento-ajudante.

— Foi para casa — respondeu o homem, cuja face estava pálida. Ele olhou ao redor temeroso, arrepiando de medo. — Tem túmulos demais aqui. Venham, camaradas, vamos logo! Temos que deixar este lugar amaldiçoado.

O soldado me levantou até que eu estivesse sentado, e ordenou algo. Então, vários homens me colocaram no lombo de um cavalo, e ele pulou sobre a cela, logo atrás de mim, prendendo-me entre seus braços e ordenando que o seguissem. Assim, olhando para o lado oposto aos ciprestes, fomos embora a cavalo, em uma rápida ordenação militar.

Como minha língua ainda se recusava a funcionar, eu não tinha escolha senão ficar em silêncio. Devo ter adormecido, pois, quando dei por mim, já estava de pé, apoiado por um soldado de cada lado. Já era quase dia, e uma luz vermelha de sol surgia ao norte, refletida como um rastro de sangue no resto de neve. O soldado estava dizendo ao homem para que não contasse a ninguém o que haviam visto, apenas que acharam um estrangeiro inglês, sendo cuidado por um cachorro grande.

— Cachorro! Aquilo não era um cachorro! — interrompeu o homem que havia demonstrado seu medo. — Sei reconhecer um lobo quando vejo um!

O soldado mais jovem respondeu, com calma:

— Eu disse que era um cachorro.

— Cachorro! — repetiu o outro ironicamente. Era claro que a luz do dia o deixava mais corajoso. E, apontando para mim, disse: — Olhe para a garganta dele. Um cachorro faria isso, senhor?

Por instinto, levei a mão à garganta e, ao tocá-la, gritei de dor. Os homens se amontoaram ao meu redor para ver o que estava acontecendo, alguns descendo de seus cavalos. E, mais uma vez, soou a voz do jovem soldado:

— Um cachorro, como eu disse. Se falarmos qualquer outra coisa, viraremos piada.

Então, montaram-me em um cavalo, atrás de um dos soldados, e cavalgamos até os subúrbios de Munique. Ali, passamos por uma carruagem abandonada, na qual me colocaram, e de lá fomos até o *Quatre Saisons*, com o jovem soldado me acompanhando, junto a outro militar em seu cavalo, enquanto os demais seguiam para o quartel.

Quando chegamos, Herr Delbruck veio tão rápido à porta para me encontrar, que ficou claro que ele estivera observando lá de dentro. Pegando-me pelas mãos, ele gentilmente me levou para dentro. O soldado já batera continência e se virava para ir embora, quando notei quais eram as suas intenções e insisti que subisse ao meu quarto. Com taças de vinho em mãos, agradeci a ele e seus colegas por terem me salvado. Ele respondeu apenas que não era problema algum, e que Herr Delbruck foi quem tomou os primeiros passos para juntar a equipe de busca. Ao ser mencionado, o maître do hotel sorriu, e o soldado se despediu e foi embora.

— Mas, Herr Delbruck — perguntei —, como e por que os soldados foram procurar por mim?

Ele deu de ombros, como se não tivesse feito nada demais, e respondeu:

— Eu tive sorte de conseguir permissão do comandante do regimento em que sirvo para angariar voluntários.

— Mas como soube que eu estava perdido?

— O cocheiro voltou com os restos da carruagem, chateado por os cavalos terem fugido.

— Mas decerto o senhor não enviou uma equipe de busca apenas por causa disso?

— Ah, não! — respondeu. — Contudo, mesmo antes de o cocheiro chegar, recebi um telegrama do conde de quem o senhor é hóspede.

Em seguida, tirou do bolso um telegrama que me entregou. Nele, lia-se:

Bistrița, Transilvânia.

Cuide de meu hóspede – a segurança dele muito importa para mim. Caso algo aconteça com ele, ou caso ele desapareça, não meça esforços para encontrá-lo e garantir que esteja seguro. Ele é inglês e, portanto, aventureiro. Com frequência a neve e os lobos oferecem perigo à noite. Não perca um segundo se suspeitar que ele está em perigo. Seu zelo será recompensado com minha fortuna.

Drácula.

Com o telegrama em mãos, o mundo ao meu redor pareceu girar. Não fosse o cuidadoso maître, que me segurou, acho que eu teria caído. Havia algo tão estranho nisso tudo, algo tão esquisito e impossível de se imaginar, que surgia em mim a suspeita de que, de algum modo, eu era um mero brinquedo de forças opostas – e essa noção, por mais vaga que fosse, pareceu me paralisar. Era certo que eu estava sob alguma proteção misteriosa. Afinal, de um país distante e bem a tempo, viera a mensagem que me salvou dos perigos de desmaiar na neve e dos dentes do lobo...

O Funeral dos Ratos

Se você sair de Paris pela estrada de Orléans, cruzar a Enceinte e virar à direita, chegará a um distrito um tanto selvagem e nem um pouco convidativo. Por todos os lados, para onde quer que olhe, verá grandes monturos de poeira e lixo acumulados pelo tempo.

Paris tem sua vida noturna, bem como a diurna, e o viajante que entrar no hotel da Rue de Rivoli ou da Rue Saint-Honoré tarde da noite, ou de lá sair logo cedo pela manhã, pode supor, se já não o tiver feito, o propósito daquelas grandes carroças, que mais parecem caldeiras com rodas, que estão em todo canto.

Todas as cidades têm suas instituições peculiares, criadas por necessidade. Uma das mais notáveis em Paris é sua população catadora de lixo. Bem cedo pela manhã – e a vida parisiense começa bastante cedo –, é possível ver na maior parte das ruas, do lado oposto aos pátios e becos e entre algumas casas, como ainda ocorre em algumas cidades estadunidenses e até em algumas partes de Nova Iorque, grandes caixas de madeira nas quais os empregados ou os próprios donos das casas jogam os restos de lixo do dia anterior. Isso feito, reúnem-se ao redor dessas caixas, para novos campos de trabalho e pastos frescos, homens e mulheres de aparência faminta, trazendo consigo bolsas gastas ou uma cesta pendurada em seus ombros, além de pequenos ancinhos com os quais reviram, espetam e examinam nos mínimos detalhes as lixeiras. Pegam o que acham e colocam em suas cestas, com a ajuda dos ancinhos, com a mesma facilidade que os chineses usam hashis.

Paris é uma cidade de centralização – e centralização e classificação tendem a andar de mãos dadas. No passado, quando a centralização ainda estava se tornando um fato, já existia a classificação. Tudo que é similar ou análogo é classificado no mesmo grupo e do agrupamento destes grupos surge um ponto central, inteiro em si. Podem-se ver longos braços e inúmeros tentáculos saindo dele e, no centro, uma gigante cabeça com um cérebro compreensivo, olhos atentos que tudo vigiam, ouvidos sensíveis para tudo escutar, e uma boca voraz para engolir.

Outras cidades se assemelham aos pássaros, bestas e peixes cujos apetites e digestões são normais. Paris em si é a deificação do polvo. Produto da centralização levada ao absurdo, representa o peixe demônio; e em nenhum outro aspecto sua semelhança é mais curiosa do que no trato digestivo.

Os turistas inteligentes que renderam suas individualidades nas mãos do Sr. Cook ou do Sr. Gaze passam três dias em Paris e com frequência se questionam como é possível que o jantar que custaria cerca de seis xelins em Londres pode ser comprado por três francos em uma cafeteria no Palais-Royal. Nunca mais ficariam surpresos se levassem em conta a classificação, que é a especialidade teórica da vida parisiense, e se aceitassem o fato de que o catador de lixo tem sua origem.

A Paris de 1850 não é como a Paris de hoje, e aqueles que viram a Paris de Napoleão ou a do Barão Haussmann mal podem conceber a realidade da situação de 45 anos atrás.

Contudo, entre outras coisas que permaneceram iguais estão os distritos nos quais se acumula lixo. Restos são restos no mundo inteiro, em qualquer época, e a aparência familiar dos monturos é perfeita. Assim, o viajante que visitar os arredores de Montrouge viajará de volta no tempo, sem dificuldade alguma, para 1850.

Neste ano, eu estava fazendo uma visita prolongada a Paris. Eu estava bastante apaixonado por uma jovem que, apesar de retribuir minha paixão, respeitava os desejos dos pais e havia prometido não me ver ou se corresponder comigo por um ano. Eu havia me sentido compelido a aderir a tais condições, sob uma vaga esperança de ter a aprovação dos pais dela. Durante este período, eu prometera ficar fora do país e não escrever à minha amada até que se passasse um ano.

Como era de se esperar, o tempo se arrastava para mim. Não havia ninguém de minha família ou círculo social que pudesse me dar notícias de Alice e, infelizmente, nenhum parente dela era generoso o suficiente para me mandar uma mera palavra de conforto acerca da saúde e do bem-estar de minha querida. Passei seis meses vagando pela Europa, mas, como não achei distrações boas o bastante, resolvi vir para Paris, onde eu ao menos estaria pouco distante de Londres, no caso de a sorte estar ao meu lado e ela me contatar antes do esperado. Aquele provérbio que diz que "a esperança que se adia faz adoecer o coração" nunca foi tão verdadeiro como no meu caso, pois, além da saudade perpétua, do desejo de ver o rosto amado, eu sempre trazia no peito uma ansiedade lancinante de que poderia ocorrer algum acidente que me impediria de provar a Alice que, durante o longo período de provação, eu permanecera fiel ao nosso amor e à confiança dela. Assim, cada uma de minhas aventuras era prazerosa em si, pois estava carregada de possíveis consequências, mais sérias do que normalmente seriam.

Como todos os viajantes, conheci os lugares mais interessantes já no primeiro mês de minha estadia, e fui obrigado no segundo mês a procurar por diversão em qualquer outro lugar possível. Tendo feito diversos passeios para os subúrbios mais conhecidos, comecei a procurar territórios desconhecidos, ao menos no escopo de meu livro-guia, na selva social entre os pontos de interesse. Assim, comecei a sistematizar minhas pesquisas e a cada dia eu recomeçava minha exploração do ponto onde eu a havia deixado na noite anterior.

Com o tempo, minhas explorações me levaram até perto de Montrouge, e descobri que ali ficava a *Ultima Thule* – a última fronteira – da exploração social: um pedaço de terra tão desconhecido quanto a nascente do Nilo Branco. Deste modo, resolvi pesquisar filosoficamente os catadores de lixo: seus habitats, suas vidas, seus modos de sobrevivência.

O trabalho era desagradável, difícil, e com pouca esperança de render uma recompensa adequada. Contudo, apesar da lógica, prevaleceu a teimosia, e iniciei minha nova pesquisa com uma energia mais entusiástica do que jamais senti em outras pesquisas que me levaram a fins mais valiosos.

Um dia, após uma tarde agradável, perto do fim de setembro, adentrei o Santo dos Santos da cidade do lixo. O lugar era claramente o lar de muitos catadores, pois havia alguma lógica na organização dos monturos perto da rua. Passei no meio desses montes, que mais pareciam sentinelas atentas, determinado a chegar ainda mais longe e descobrir a origem de todo aquele lixo.

Enquanto andava, vi aqui e ali algumas figuras se mexendo por trás dos monturos, decerto observando com interesse o evento que era um estrangeiro em um lugar como aquele. O distrito era como uma mini-Suíça e, no que avancei, meu caminho tortuoso bloqueou a visão da estrada pela qual eu passara.

No momento, eu estava no que parecia ser uma cidadezinha ou comunidade dos lixeiros. Havia um sem-número de barracos e cabanas, como era comum encontrar nas partes mais remotas do Pântano descrito por Allan Moore; eram lugares grosseiramente construídos, com paredes em pau a pique preenchidas com barro, e telhados de palha feitos com restos dos estábulos; eram lugares nos quais ninguém gostaria de entrar por motivo algum, e que, mesmo retratados em aquarelas, só poderiam aparentar ser pitorescos com certa cautela. Entre os barracos havia uma das mais estranhas adaptações (eu não conseguia chamá-la de "habitação") que eu já havia visto. Um imenso e antigo guarda-roupas, o resquício colossal de algum boudoir de Carlos VII ou Henrique II, havia sido convertido em uma moradia. As portas duplas estavam abertas, então todo o interior estava exposto ao público. Em uma das metades, havia uma sala de estar comum, medindo cerca de um metro por dois, na qual estavam sentados, fumando seus cachimbos ao redor de um braseiro de carvão, nada mais nada menos do que seis velhos soldados da Primeira República, vestindo uniformes rasgados e puídos. Era claro que não eram boa gente: seus olhos exaustos e mandíbulas frouxas denunciavam o amor por absinto; e sua expressão tinha um quê de abatida e cansada que era o sinal de um bêbado, além do olhar de adormecida ferocidade que sucede a bebida. O outro lado do armário havia sido preservado, com as prateleiras intactas, exceto pelo fato de terem sido cortadas pela metade em sua profundidade, e de haver em cada uma das seis prateleiras uma cama feita de panos velhos e feno. A meia dúzia de homens que habitavam aquela estrutura me encararam com curiosidade enquanto eu passava; e, quando olhei para trás após alguns passos, vi-os juntando as cabeças e sussurrando. Não gostei nem um pouco disso, pois o lugar era bastante solitário, e aqueles homens pareciam muito, muito vis. Contudo, não vi motivo para medo e segui minha jornada, adentrando cada vez mais aquele deserto. O caminho era tortuoso e, de tanto rodear os semicírculos, como uma pessoa patinando no gelo, acabei ficando confuso em relação aos pontos do compasso.

Depois de andar um pouco, vi, ao virar em um monte de lixo pela metade, um velho soldado, vestindo um casaco puído, sentado em uma pilha de feno.

"Vejam só", pensei, "a tropa da Primeira República é bem representada aqui."

Enquanto eu passava na frente dele, o homem sequer levantou a cabeça, olhando para o chão com uma persistência obstinada. Mais uma vez, pensei comigo: "Olhe o que uma vida de guerra faz. Esse senhor nem tem mais curiosidade alguma".

Após avançar alguns passos, contudo, olhei para trás de repente e vi que ele tinha, sim, certa curiosidade, pois o veterano havia levantado a cabeça e estava me encarando com uma expressão muito estranha. Para mim, ele se parecia muito com um dos seis soldados do armário. Quando ele viu que eu o olhava de volta, abaixou a cabeça de novo; e, sem pensar mais nele, segui meu caminho, satisfeito por perceber que havia uma semelhança estranha entre esses velhos guerreiros.

Então, encontrei outro soldado de porte parecido. Ele também não me notou enquanto eu passava.

Começou a entardecer, e eu comecei a considerar voltar. Assim, dei meia-volta, mas deparei-me com diversos caminhos, levando a diferentes montes, e não tinha certeza de por qual deles seguir. Perplexo, procurei por alguém para quem eu pudesse perguntar onde ficava a saída, mas não vi ninguém. Decidi seguir por mais algum tempo e tentar achar alguém – mas não um veterano.

Consegui tal feito após andar uns duzentos metros. À minha frente, estava uma cabana, não muito diferente das que eu já havia visto, com o porém de que não era possível morar ali, pois era apenas um teto sobre três paredes, com uma abertura na frente. Dado o contexto do resto da vizinhança, supus que aquele era um local para organização. Lá dentro, havia uma senhora de idade, toda enrugada e curvada. Aproximei-me dela para perguntar para que lado seguir.

Ela se levantou quando cheguei perto e lhe perguntei do caminho. De imediato, ela iniciou uma conversa, e me ocorreu que aquele local, no centro do Reino do Lixo, era o melhor lugar para conseguir detalhes da história dos catadores parisienses, pois eu os conseguiria da boca de quem parecia ser a mais velha habitante dali.

Comecei a questioná-la, e a senhora me deu as mais interessantes respostas: ela havia sido uma das tricoteiras que ficavam dia após dia perante a guilhotina, e havia também sido parte ativa dentre as mulheres que se diferenciavam por sua violência na revolução. Enquanto conversávamos, ela de repente disse:

— *Monsieur*, não está cansado de ficar em pé?

E me deu um velho e frágil banquinho para que eu me sentasse. Eu não queria permanecer lá por uma miríade de razões, mas a pobre senhora fora tão educada que eu não quis correr o risco de magoá-la ao recusar e, além disso, conversar com alguém que esteve na Tomada da Bastilha era tão interessante que preferi me sentar para poder continuar o assunto.

Enquanto conversávamos, um senhor, ainda mais velho, mais curvado e mais enrugado do que a senhora, apareceu, vindo de trás da cabana.

— Este é Pierre — ela disse. — O *Monsieur* pode ouvir as histórias também, se quiser, pois Pierre esteve em tudo, da Bastilha a Waterloo.

O senhor pegou outro banco, que eu lhe ofereci, e mergulhamos em um mar de reminiscências revolucionárias. O senhor, ainda que vestido como um espantalho, era como os outros seis veteranos.

Eu agora estava no centro da baixa cabana, com a mulher ao meu lado esquerdo e o homem ao direito, ainda que os dois estivessem, de certo modo, à minha frente. O lugar estava lotado de toda sorte de cacarecos estranhos, além de muitas coisas das quais eu preferia manter distância. Em um dos cantos havia um monte de panos velhos, que pareciam se mover devido à quantidade de vermes que continham. No outro, havia uma pilha de ossos, cujo odor era no mínimo chocante. De quando em quando, esgueirando um olhar para as pilhas, eu podia ver os olhinhos brilhantes de alguns dos ratos que infestavam o lugar. Os objetos nojentos já eram ruins o suficiente, mas o que parecia ainda mais pavoroso era um velho machado de açougueiro, com o punho de ferro manchado de sangue, que estava apoiado na parede à minha direita. Mesmo assim, aquilo tudo não me preocupava muito. O que os dois idosos me contavam era tão fascinante que eu continuei lá, até que a noite caiu e os monturos projetaram escuras sombras sobres os vales que os dividiam.

Depois de um tempo, comecei a ficar desconfortável. Não sabia dizer como ou por quê, mas, de algum modo, não estava satisfeito. O desconforto é um instinto, urge que nos atentemos ao nosso redor. Nossas faculdades psíquicas são, com frequência, as sentinelas do intelecto; e, quando soam o alarme, o lado racional começa a agir, ainda que talvez não de modo consciente.

Era isso que estava me ocorrendo. Comecei a refletir acerca de onde eu estava e o que me cercava, e me perguntei como deveria agir caso fosse atacado. Então, de repente, percebi, sem causa evidente, que estava em perigo. A prudência me sussurrou: "Fique parado e não se faça visto", e, por isso, fiquei parado e não me fiz visto, pois sabia que havia olhos ardilosos sobre mim. Quatro olhos, se não mais. Meu Deus, mas que pensamento horrível! A cabana poderia estar rodeada, dos três lados por vilões! Posso estar em meio a um bando de gente tão desesperada que só poderia ser produto de meio século de revolução intermitente.

Com um senso de perigo, meu intelecto e minhas habilidades de observação ficaram mais rápidos, e fiquei mais atento do que costumava ser. Percebi que os olhos da senhora constantemente vagavam para minhas mãos. Olhei para elas também e entendi o motivo: meus anéis. No meu mindinho esquerdo, havia um grande anel de sinete e, no direito, um diamante.

Supus que, se houvesse algum perigo, meu primeiro cuidado deveria ser o de não levantar suspeitas. Assim, comecei a direcionar a conversa à catação de lixo, aos drenos, ao que se encontrava neles e, de pouco em pouco, às joias. Então, aproveitando a oportunidade, perguntei à senhora se ela sabia algo de tal assunto. Ela respondeu que sabia um pouquinho. Estendi minha mão direita, mostrando o diamante, e a perguntei o que ela achava daquilo. Ela respondeu que estava com os olhos ruins e se curvou sobre minha mão. Tão indiferente quanto pude, disse:

— Ah, perdão! Assim você verá melhor.

E tirei o anel, entregando-o a ela. Uma luz profana iluminou seu rosto velho e abatido quando ela tocou o objeto. Ela me deu uma olhada tão rápida e vivaz quanto um raio.

Por um momento, ela se curvou, seu rosto livre de qualquer expressão, enquanto examinava o anel. O senhor olhava para o exterior da cabana, à sua frente, remexendo em seus bolsos e pegando um pouco de tabaco enrolado em papel e um cachimbo, o qual ele prontamente encheu. Tomei vantagem daquela pausa e do momentâneo intervalo sem olhares investigando meu rosto e olhei com cuidado ao meu redor, que agora estava escuro, com as sombras do crepúsculo. Ainda havia pilhas de lixos dos mais variados fedores; a terrível mancha ensanguentada ainda estava na parede à direita e, em todo lugar, apesar das sombras, via-se o funesto brilho dos olhos de ratos. Eu os via por todos os vãozinhos dos rodapés das paredes. Mas espere! Esses últimos olhos pareciam ainda maiores, mais brilhantes e mais funestos!

Por um instante, meu coração parou de bater e eu senti uma tontura, como se estivesse bêbado de espírito, como se eu só tivesse conseguido me manter de pé por não ter havido tempo de cair antes de eu me recuperar. Então, no segundo seguinte, eu estava calmo – friamente calmo, com todas as minhas energias em seus níveis máximos, com um autocontrole que me parecia perfeito, com todos os meus sentidos e instintos alertas.

Agora eu sabia a extensão completa do perigo no qual me encontrava: eu estava sendo observado e rodeado por pessoas desesperadas! Eu não conseguia nem imaginar quantos deles estavam ali, deitados no chão nos fundos da cabana, esperando pelo momento para atacar. Eu sabia que eles eram fortes e grandes, e eles sabiam disso também. De igual modo, sabiam que eu era inglês e, assim, não cairia sem lutar. Deste modo, esperamos. Eu tinha a impressão de ter ganhado certa vantagem nos últimos segundos, pois sabia do perigo e entendia a situação. "Agora", pensei, "é o teste para minha coragem, o teste de resistência; o teste de luta virá mais tarde!"

A senhora levantou a cabeça e me disse, satisfeita:

— É um belo anel, de fato. Um lindo anel! Ah, veja, eu também já tive anéis assim um dia, vários deles, e pulseiras e brincos também! Ah, nessa bela época eu conduzia a cidade como em uma dança! Mas eles já me esqueceram agora. Eles me esqueceram! Eles? Oras, nunca ouviram falar de mim! Talvez os avôs deles se lembrem de mim, alguns deles!

E ela riu, uma risada rouca e áspera. Devo dizer que ela me impressionou, pois me devolveu o anel com a sugestão de uma graça antiga, que não deixava de ser comovente.

O senhor a encarou com uma ferocidade repentina, levantando-se um pouco de seu banco, e disse para mim de repente, com a voz rouca:

— Deixe-me ver!

Eu estava prestes a lhe passar o anel, quando a senhora disse:

— Não! Não, não entregue nada para Pierre! Pierre é excêntrico. Ele perde as coisas. E é um anel tão lindo!

— Grossa! — ele disse, irritadíssimo.

De repente, a senhora disse, um tanto mais alto do que seria preciso:

— Espere! Vou lhe contar algo sobre um anel.

Algo no tom de sua voz me abalou. Talvez fosse minha hipersensibilidade, dada minha animação nervosa, mas me pareceu que ela não estava se dirigindo a mim. Discretamente, olhei ao redor e vi os olhos de ratos na pilha de ossos, mas segundos depois já não os via mais. Porém, logo em seguida, eles reapareceram. O pedido da senhora de "Espere!" me deu uma folga dos ataques, e o senhor se jogou de volta à sua postura encurvada.

— Certa vez perdi um anel; um lindo anel de diamante que havia pertencido a uma rainha, e que me foi dado por um coletor de impostos, que mais tarde cortou a própria garganta pois eu o rejeitei. Achei que havia sido roubada, e cobrei do meu povo. Mas não vi nem sinal. A polícia veio e sugeriu que tivesse ido parar no ralo. Descemos ao encanamento, e eu fui junto, em minhas belas roupas, pois não confiava neles sozinhos com meu lindo anel! Eu sei mais sobre ralos desde então, e sobre ratos também. Mas nunca me esquecerei do horror daquele lugar: ele estava vivo, com olhos em chamas por todos os lados, um muro deles bem à ponta de nossa tocha. Bem, fomos para a parte de baixo da casa. Procuramos pela saída do ralo e ali, em meio à sujeira, achamos meu anel e saímos de lá.

"Mas, antes de sairmos de fato, achamos outra coisa. Quando estávamos chegando perto da saída, um monte de ratos de esgoto (humanos, desta vez) vieram até nós! Eles disseram à polícia que um deles havia descido ao ralo, mas não tinha voltado. Ele havia descido pouco antes de nós e, se tivesse se perdido, não deveria estar longe. Pediram ajuda para procurá-lo e, por isso, demos meia-volta. Tentaram me impedir de ir, mas eu insisti. Era uma aventura nova, e eu havia acabado de recuperar meu anel, certo? Não chegamos a avançar muito antes de achar algo. Havia um pouquinho de água, e o fundo do ralo estava coberto de tijolos, lixo, coisas do tipo. E ele tentou lutar, mesmo quando a luz de sua tocha já havia apagado. Mas eram muitos contra ele! Não levaram muito tempo. Os ossos estavam quentes ainda, mas limpos. Comeram até mesmo os seus companheiros que haviam morrido, e havia ali ossos de ratos, além dos do homem. Eles, os humanos, ficaram tranquilos, até caçoaram de seu camarada ao achá-lo morto, ainda que o tivessem ajudado se estivesse vivo. Bah, mas que diferença faz, vida ou morte?"

— E a senhora não teve medo? — perguntei.

— Medo! — ela respondeu, rindo. — Eu, com medo? Pergunte a Pierre! Mas eu era mais nova à época e, quando saí daquele esgoto horrível, com seus muros de olhos gananciosos, sempre se movendo junto à luz da tocha, não me senti confortável. Fui à frente dos homens, no entanto! É uma das minhas táticas: nunca deixo os homens seguirem à minha frente! Tudo o que quero é uma chance e oportunidades. E eles comeram tudo dele, não deixaram nada para trás, senão os ossos; e ninguém ficou sabendo, nem ouviu nada, nunca!

Ao dizer isso, ela teve um acesso de riso, a risada mais tenebrosa que já vi ou ouvi. Uma grande poeta descreveu, certa vez, o canto de sua heroína: "Ah, vê-la ou ouvi-la cantando! Mal sei dizer qual é mais divino".

Aplico aqui a mesma ideia a essa velha senhora. Tudo, menos a divindade, pois eu mal podia dizer qual era mais infernal: a risada severa, maliciosa, satisfeita e cruel ou o sorriso torto e malicioso, junto àquela horrível abertura quadrada da boca, como uma máscara trágica, e àquele brilho amarelo dos poucos dentes descoloridos na gengiva sem forma. Naquela risada e com aquele sorriso e o risinho satisfeito, eu tive a certeza, como se me houvessem dito em voz alta, que meu assassinato já estava decidido, e que os assassinos apenas esperavam pelo momento propício. Eu podia ler nas entrelinhas de sua história horrível, e ali havia ordens aos seus comparsas: "Espere!", ela parecia dizer. "Espere um momento. Eu darei o primeiro golpe. Achem a arma para mim, e eu tirarei proveito da oportunidade! Ele não escapará! Mantenham-no quieto, e ninguém saberá o que aconteceu. Não terá gritaria, os ratos farão seu trabalho!"

Estava ficando cada vez mais escuro; a noite caía. De soslaio, analisei mais uma vez a cabana, mas continuava a mesma! O machado ensanguentado no canto, as pilhas de lixo, os olhos no monte de ossos e nos rodapés.

Pierre ainda enchia, com exagero, seu cachimbo. Então, acendeu-o e começou a soltar fumaça pela boca. A senhora disse:

— Minha nossa, como está escuro! Pierre, seja um cavalheiro, acenda a lamparina!

Pierre se levantou com o fósforo aceso e tocou o pavio de uma lamparina que estava pendurada em um dos lados da entrada da cabana, e que tinha um espelho que jogava luz para o cômodo inteiro. Era evidente que aquilo era usado para a organização noturna deles.

— Essa não, seu burro! Essa não! A lanterna! — ela brigou com ele.

De imediato, ele apagou a lamparina e disse:

— Tudo bem, mãe, vou achar a lanterna.

E foi para o canto esquerdo do quarto. Na escuridão, a senhora dizia:

— A lanterna! A lanterna! Ah, essa é a luz mais útil para nós, pobres pessoas. A lanterna foi amiga da revolução! É amiga do catador! Ela ajuda quanto todo o resto falha.

Ela mal acabara de falar quando o lugar todo rangeu, e algo foi arrastado no telhado.

Mais uma vez, pareci ler nas entrelinhas do que ela disse. Eu sabia a lição da lanterna: "Um de vocês vá para o telhado com uma corda e o enforque até ele desmaiar se falharmos aqui dentro".

Enquanto eu olhava pela abertura, vi a sombra negra de um nó de forca contra o céu lúrido. Agora eu estava, de fato, perdido.

Pierre não demorou a achar a lanterna. Eu mantive meus olhos na senhora, mesmo em meio à escuridão. Pierre riscou um fósforo e, com o clarão, vi a mulher pegar do chão, ao lado dela, de onde tinha aparecido misteriosamente e, em seguida, esconder nas dobras de suas vestes, uma longa faca ou adaga afiada. Parecia uma chaira de açougueiro, com uma ponta afiada.

A lanterna foi acesa.

— Traga para cá, Pierre — ela disse. — Coloque na entrada, onde podemos vê-la. Veja como é ótima! Não nos deixa ver a escuridão de fora. Perfeito!

Perfeito para ela e para o que ela queria fazer! A lanterna jogava toda a luz em meu rosto, deixando no breu os rostos de Pierre e da mulher, que se sentavam à minha frente, um de cada lado.

Senti que o momento estava chegando; mas agora sabia que o primeiro sinal e movimento viria da mulher e, por isso, pus-me a observá-la.

Eu estava desarmado, e tinha que decidir o que faria em seguida. Ao primeiro movimento, pegaria o machado de açougueiro do meu canto direito e lutaria para poder sair. A mim, no mínimo, seria difícil matar. Olhei de soslaio ao meu redor para verificar a localização exata da arma, para que eu não falhasse em pegá-la logo no primeiro momento, pois tempo e precisão eram preciosos.

Meu Deus! Não estava mais lá! Me dei conta de todo o horror daquela situação. Mas o pior pensamento que me ocorreu foi que, caso aquela maré horrorosa de fato se virasse contra mim, o sofrimento de Alice seria inevitável. Ou ela acreditaria que menti – e qualquer amante, ou qualquer um que já tenha sido um, consegue imaginar o quão amarga é essa possibilidade –, ou ela seguiria me amando por anos a fio após o meu sumiço, para ela e para o mundo, de modo que a sua vida se tornaria repleta de mágoa e amargor, de frustração e desespero. A magnitude de tal dor me trouxe forças, me dando os nervos para aguentar o escrutínio dos meus potenciais assassinos.

Acho que não entreguei minhas emoções. A senhora me observava tal qual um gato a um rato. Ela tinha a mão direita escondida nas dobras do vestido, agarrando, eu tinha certeza, aquela longa e cruel adaga. Se ela tivesse visto a frustração em meu rosto, sinto que ela saberia que o momento havia chegado, e avançaria sobre mim tal qual uma tigresa, certificando-se de me pegar desprevenido.

Olhei escuridão adentro e, ali, vi um novo perigo. À frente e ao redor da cabana havia algumas sombras pouco distantes; estavam paradas, mas eu sabia estarem alertas, atentas. Havia pouca chance para mim naquela direção agora.

Mais uma vez, olhei de soslaio ao meu redor. Em momentos de ânimos exaltados e de grande perigo, a mente funciona muito rápido, e a atenção das faculdades que dependem da mente é aumentada na mesma proporção. Eu sentia isso. Em um instante, analisei toda a situação. Vi que o machado havia sido pego por um buraquinho feito em uma das tábuas podres da parede. Deveriam estar de fato muito podres para que aquilo pudesse ser feito silenciosamente.

A cabana era um típico cenário de assassinato, com proteção por todos os lados. Havia um assassino no telhado, pronto para me enforcar com sua corda caso eu conseguisse escapar da adaga daquela velha. Pela frente, o lugar estava protegido por sabe-se lá quantos vigilantes. E os fundos, por uma fileira de homens desesperados, cujos olhos eu havia visto pela abertura das tábuas do chão quando observei meus arredores pela última vez; eles estavam deitados ao chão, esperando pelo sinal para se levantarem. Bem, se era para acontecer, que fosse agora!

Aparentando o máximo de tranquilidade possível, remexi-me no banco, de modo a deixar minha perna direita debaixo de mim. Então, com um pulo repentino, virando minha cabeça e a protegendo com minhas mãos, munido do instinto de luta dos antigos cavaleiros, murmurei o nome de minha amada e me joguei contra a parede dos fundos da cabana.

Por mais que me observassem com atenção, meu movimento foi tão súbito que surpreendeu tanto Pierre quanto a senhora. No que ultrapassei a madeira podre, vi a senhora se levantar em um pulo, tal qual um tigre, e a ouvi arfando de ódio. Pisei em algo que se mexia e, ao pular para trás, soube que havia pisado nas costas de um dos homens enfileirados que se deitavam de barriga para baixo do lado de fora da cabana. Minha pele fora rasgada por pregos e farpas, mas, no geral, não estava ferido. Sem fôlego, subi correndo o monte à minha frente, ouvindo a cabana às minhas costas colapsando.

Foi uma subida digna de pesadelos. O monte, ainda que baixo, era íngreme e, a cada passo, a massa de poeira e cinzas se desfazia e cedia sob meus pés. A poeira subia e me impedia de respirar; era enojante, fétida, horrível; contudo, aquela jornada para cima me parecia ser questão de vida ou morte e, assim, segui. Os segundos pareceram horas, mas os poucos momentos que tive no começo, combinados a minha juventude e força, me deram grande vantagem. E, apesar de várias figuras se esforçarem para subir atrás de mim, em um silêncio mortal que era mais terrível do que qualquer som, facilmente cheguei ao topo. Desde então, já subi ao cume do Vesúvio e, no que sofria naquela lúgubre subida íngreme, em meio aos vapores sulfúricos, a memória daquela noite horrível em Montrouge voltou a mim com tal vividez que quase desmaiei.

O monte era um dos mais altos naquela área e, esforçando-me para subir, arfando e sentindo meu coração batendo enlouquecidamente, vi à minha esquerda, ao longe, o leve brilho vermelho do céu e, mais perto, luzes piscando. Graças a Deus! Agora eu sabia onde eu estava e onde ficava a estrada para Paris!

Por dois ou três segundos, parei e olhei para trás. Meus perseguidores ainda estavam longe, porém persistiam em seu avanço, ainda em um silêncio mortal. Mais para trás, a cabana estava destruída, uma mera bagunça de madeira e vultos que se moviam. Eu conseguia vê-la bem, pois as chamas estavam altas: os panos e o feno haviam sido incendiados pela lanterna. Porém ainda estava silencioso lá. Nem um som sequer! Aqueles velhotes morreram bravamente, com certeza.

Não tive tempo para me demorar muito nessa observação, pois, ao olhar ao redor do monte, preparando-me para descer, vi vários vultos correndo de ambos os lados para me impedir de seguir. Era agora uma corrida pela vida. Eles estavam tentando me interceptar no caminho para Paris e, com o instinto do momento, desci correndo pelo lado direito. Foi na hora certa, pois, apesar de eu ter descido no que me pareceu serem poucos passos, os velhos que estavam me observando deram meia volta, e um deles quase me acertou com aquele terrível machado de açougueiro quando passei pela abertura entre os dois montes. Não era possível que tivessem duas armas daquela por ali!

Deu-se início, então, a uma perseguição horrível. Corri com facilidade à frente daqueles senhores e, mesmo quando alguns homens mais jovens e algumas mulheres se juntaram à caçada, consegui manter distância deles sem dificuldades. Mas eu não conhecia o caminho nem conseguia me guiar pela luz do céu, pois estava correndo para o lado oposto dela. Certa vez ouvi dizer que, a não ser que tenham um propósito consciente, homens que estão sendo caçados sempre fogem para a esquerda, e era nessa situação que eu me encontrava. Meus caçadores, suponho eu, também sabiam disso, pois eram mais animais do que gente e tinham habilidade ou instinto para descobrir tais segredos por conta própria; afinal, após dar uma corridinha mais rápida, quando pretendia parar um pouco para respirar, vi de súbito à minha frente dois ou três vultos rapidamente passando por trás de uma pilha à minha direita.

Eu estava na teia da aranha! Mas, ao pensar neste novo perigo, vieram a mim os recursos dos caçados, e voltei a correr, pegando a próxima curva à direita. Segui nesta direção por uns quase cem metros, e então virei à esquerda, e tive a certeza de que havia evitado o perigo de ser cercado.

Mas não o de ser perseguido, pois logo apareceu a turba atrás de mim, firme, determinada, incansável, e ainda em um silêncio sombrio.

Estava ainda mais escuro agora, e os montes pareciam menores do que antes, ainda que, devido ao fato de a noite estar acabando, parecessem maiores proporcionalmente. Eu estava bem adiantado em relação a meus perseguidores, então escalei um dos montes à minha frente.

Ah, era a felicidade das felicidades! Eu estava perto de sair daquele inferno poeirento. Atrás de mim, brilhava no céu a luz vermelha de Paris e, por trás, via-se erguendo-se pelo bairro de Montmartre uma luz tênue, brilhando aqui e ali, tal qual estrelas.

Restaurando meu vigor em um momento, corri pelos poucos montes menores que sobraram, e logo me encontrei no nível do chão. No entanto, mesmo assim, aquela perspectiva não era convidativa. Tudo à minha frente era escuro e sombrio, e era claro que eu havia chegado em um daqueles lixões frios, úmidos e no nível do mar, do tipo que se podia achar aqui e ali nas vizinhanças de grandes cidades. Eram lugares cheios de lixo e desolação, nos quais era preciso ter espaço para a aglomeração definitiva de tudo que era irritante. E o chão era tão pobre, de modo a não incitar nem mesmo ao mais mísero dos posseiros o desejo de ali ficar. Com os olhos já acostumados à escuridão da noite, e já distante das sombras daquelas terríveis pilhas de lixo, estava muito mais fácil enxergar do que alguns momentos antes. Poderia ser também, é claro, graças ao brilho das luzes de Paris, ainda que a cidade estivesse a alguns quilômetros de distância. De qualquer modo, eu conseguia enxergar bem o suficiente para identificar com clareza o espaço ao meu redor.

À frente, havia uma planície desolada que parecia quase vazia, salvo por algumas poças estagnadas, com um brilho escuro, aqui e ali. Pelo que eu podia distinguir, à minha direita, dentre um amontoado de luzinhas piscando, estava a forma escura do Forte Montrouge. E à minha esquerda, na distância tênue, destacadas por alguns brilhos vindo das janelas de chalés, estavam as luzes no céu que mostravam a localização do hospital Bicêtre. Uma decisão rápida me levou a seguir pela direita e tentar chegar a Montrouge. Ali, ao menos, haveria algum tipo de segurança, e eu talvez não tardasse a chegar a algum dos cruzamentos que eu já conhecia. Em algum lugar, não muito longe dali, deveria estar a rota estratégica construída para conectar a rede de fortificações ao redor da cidade.

Então, olhei para trás. Por cima dos montes, negras contra a luz do horizonte parisiense, várias figuras se aproximavam. E, pela direita, apareceram várias outras, ficando entre mim e meu destino. Era evidente que elas queriam me interceptar por ali, então minhas escolhas se tornaram limitadas. Eu poderia agora seguir reto ou virar à esquerda. Jogando-me no chão, de modo a ter a vantagem da linha do horizonte enquanto campo de visão, analisei com cuidado aquela direção, mas não detectei meus inimigos. Julguei que, como eles não haviam protegido aquele lugar, ou nem sequer tentavam protegê-lo, decerto o caminho em si já seria perigoso para mim. Deste modo, decidi seguir reto.

Não era nada convidativo e, à medida que avançava, percebi que era pior do que imaginava. O chão se tornou macio e úmido, de quando em quando cedendo sob meus pés de um jeito enojante. Eu parecia estar indo para baixo, de algum jeito, pois vi que os lugares ao meu redor pareciam mais altos do que antes. Olhei à minha volta, mas não vi nenhum de meus perseguidores. Isso era deveras estranho, pois esses pássaros noturnos me seguiram o tempo todo, tanto pela escuridão quanto pela luz do dia. Como eu fora idiota de ter saído de casa com minha roupa de turista, feita em tweed claro. O silêncio, e o fato de que eu não conseguia ver meus inimigos, apesar de sentir que me observavam, me deixou espantado. Na esperança de que alguém que não fosse daquele grupo pavoroso pudesse me ouvir, gritei várias vezes. Não houve resposta alguma, nem mesmo um eco. Por um instante, fiquei ali, parado, mantendo meus olhos em uma direção apenas. Em uma das subidas ao meu redor, vi algo escuro se movendo. Então outro algo. E outro. O movimento estava à minha esquerda, aparentando ser alguém tentando bloquear meu caminho.

Pensei em mais uma vez tentar desviar de meus inimigos com minha habilidade de corrida e, assim, disparei na velocidade máxima.

Splash!

Pisei em uma massa de lixo gosmento, escorregando e caindo de corpo inteiro em uma profunda e fétida poça de água parada. A água e a lama nas quais meus braços estavam mergulhados até a altura do cotovelo era mais nojenta e nauseante do que eu era capaz de descrever, e tão súbita foi minha queda, que acabei engolindo um pouco daquela imundície, o que quase me fez vomitar e me deixou sem ar. Nunca me esquecerei dos momentos que permaneci lá, tentando me recompor depois de quase desmaiar por causa do fétido odor daquela poça imunda, cuja névoa pálida subia de forma fantasmagórica. Pior de tudo, com o desespero de um animal caçado ao ver a matilha o cercando, notei, ali, sem ter como me defender, as figuras escuras de meus perseguidores rapidamente se movendo para me cercar.

É curioso como nossa mente funciona de jeitos estranhos, mesmo quando as energias necessárias para se pensar parecem estar focadas em alguma outra necessidade mais terrível e urgente. Eu estava correndo um risco imediato de vida: minha segurança dependia de minhas ações e das escolhas que apareciam para mim praticamente a cada passo que eu dava. Mesmo assim, não consegui fazer nada senão pensar nessa estranha persistência teimosa desses senhores. Sua determinação silenciosa, sua obstinação constante e sombria, mesmo diante de tudo aquilo, clamava por, além de medo, respeito. Como eles não deveriam ter sido no vigor de sua juventude. Eu entendia agora a pressa descomunal na ponte de Arcola, a exclamação jocosa do velho guarda de Waterloo! A celebração inconsciente tem seus pontos positivos, mesmo em momentos assim. Mas, para minha sorte, ela não impedia os pensamentos que dão origem à ação.

Com um olhar rápido, percebi que eu havia sido derrotado, meus inimigos, nas circunstâncias presentes, haviam ganhado. Eles conseguiram me cercar por três lados e estavam determinados a me guiar para a esquerda, onde havia algum perigo natural para mim, pois não se esforçavam em barrar meu avanço naquela direção. Aceitei a alternativa – era isso ou nada. Eu tinha que manter-me em um nível baixo, pois meus perseguidores estavam em lugares mais altos. Contudo, apesar da gosma e do chão que cedia com facilidade, minha juventude e meu treinamento me permitiram seguir e, seguindo em uma diagonal, não apenas impedi que eles me ultrapassassem, mas também comecei a me distanciar deles. Isso renovou meus ânimos e minha força; agora, meu treinamento se fazia mostrar, e eu recobrei o fôlego. À minha frente, o terreno subia, e eu segui por aquele declive, deparando-me com um chão coberto de uma gosma aquosa, com um dique ou uma margem sombria mais ao longe. Senti que, se eu conseguisse alcançar aquele dique em segurança, estando sobre chão sólido e com uma espécie de rota para me guiar, eu poderia achar com certa facilidade um caminho para longe de meus problemas. Após olhar para a direita e para a esquerda e não ver ninguém por perto, dei aos meus olhos a missão honrosa de auxiliar meus pés a atravessar o pântano. Era um trabalho difícil e sujo, mas havia pouco perigo, tratava-se apenas de trabalho duro. Cheguei ao dique em pouco tempo e corri declive acima, exultante. Porém, mais uma vez, deparei-me com uma nova surpresa: de ambos os lados, surgiam vultos agachados. Vindos da direita e da esquerda, correram em minha direção, todos segurando uma grande corda.

O cerco estava quase completo. Não havia abertura pela qual eu pudesse passar. O fim estava próximo.

Eu só tinha uma chance de escapar, e a aproveitei. Pulei por cima do dique, fugindo às garras de meus inimigos, jogando-me no rio.

Em qualquer outro momento, eu consideraria aquela água nefasta e nojenta, mas agora era tão bem-vinda quanto a mais cristalina das correntezas ao viajante sedento. Era meio caminho até a segurança!

Meus perseguidores correram atrás de mim. Se apenas um deles tivesse segurado a corda, seria meu fim, pois teria me enforcado antes mesmo que eu conseguisse nadar uma braçada que fosse. Mas como as muitas mãos a segurando os confundiram e atrasaram, só ouvi o baque da corda na água já às minhas costas. Bastaram alguns minutos de um nado enérgico para que eu chegasse ao outro lado. Renovado pelo mergulho e encorajado pela fuga, escalei o dique com um espírito relativamente alegre.

Do topo, olhei para trás. Pela escuridão, vi meus agressores se dispersando para cima e para baixo ao longo do dique. Era evidente que a perseguição não havia findado, e mais uma vez eu tinha que escolher qual rumo tomar. Para além do dique onde eu estava, havia um terreno selvagem e pantanoso, muito similar ao que eu havia acabado de cruzar. Determinado a evitar aquele lugar, considerei se deveria pegar o caminho que subia ou o que descia a partir do dique. Achei ter ouvido algo... o som abafado de remos. Prestei atenção nesse som e, então, gritei.

Não tive resposta, mas o barulho cessou. Era claro que meus inimigos haviam conseguido algum tipo de embarcação. Como estavam no caminho que subia, tomei o que descia, correndo. Ao que passei à esquerda de onde havia entrado na água, ouvi diversos respingos, baixinhos e disfarçados, como o som que um rato faz ao entrar em um rio, mas muito mais alto. Ao olhar, vi o sombrio resplendor da água perturbado pelas ondas de várias cabeças avançando. Alguns de meus inimigos resolveram nadar também.

E agora, atrás de mim, subindo o rio, o silêncio fora quebrado pelo ranger e pelas batidas rápidas de remos. Eles me perseguiram com fervor. Pus minha melhor perna à frente e corri. Passados alguns minutos, olhei para trás e, sob um raio de luz que passava pelas nuvens irregulares, vi várias figuras escuras subindo a margem atrás de mim. O vento estava ficando mais forte, e a água às minhas costas formava ondinhas que se quebravam na margem. Mantive meus olhos fixos no chão à minha frente, temendo tropeçar, pois eu sabia que um tropeço acarretaria minha morte. Mas alguns minutos depois, olhei novamente para trás. Apenas alguns vultos ainda estavam na margem, mas havia muitos outros atravessando a planície pantanosa. Que novo perigo isso anunciava, eu não sabia: poderia apenas tentar adivinhar. Então, ao que corri, me pareceu que meus rastros pendiam para a direita. Olhei diretamente à frente e vi que o rio estava muito mais largo do que antes, e que o dique onde eu estava parecia distante. Para além dele, havia outro rio, no qual, na margem próxima a mim, vi mais dos vultos sombrios, do outro lado do pântano. Eu estava em algum tipo de ilha.

Minha situação agora era, sem dúvidas, terrível: havia inimigos por todos os lados. Atrás de mim podiam-se ouvir os remos cada vez mais rápidos, como se meus agressores soubessem que a perseguição estava acabando. Ao meu redor, por todos os lados, apenas desolação: não havia um teto ou uma luz, até onde minha visão alcançava. Ao longe, à direita, havia uma alta massa escura, mas eu não conseguia distinguir o que era. Por um momento, parei para pensar no que deveria fazer. Mas não por mais do que um momento, pois eles se aproximavam. Então, decidi: escorreguei margem abaixo, indo para a água. Nadei em frente, saindo de onde a água estava parada até alcançar a correnteza do que eu presumia ser uma ilha. Esperei até que uma nuvem passasse na frente da lua, deixando tudo na escuridão. Em seguida, tirei meu chapéu e o coloquei na água, flutuando com a corrente. Um segundo depois, mergulhei para a direita e me esforcei para me manter debaixo d'água. Suponho que tenha ficado cerca de meio minuto submerso e, quando emergi, do modo mais silencioso possível, olhei para trás e vi meu chapéu marrom claro navegando feliz para longe. Perseguindo-o de perto veio um barco velho e raquítico, manejado furiosamente com um par de remos. A lua ainda estava escondida em partes pelas nuvens passageiras, mas, naquela luz parcial, pude ver um homem se apoiando no mastro, pronto para atacar com o que me pareceu ser o mesmo machado do qual eu havia escapado mais cedo. Enquanto eu observava, o barco chegou cada vez mais perto, e mais perto, e o homem atacou com ferocidade. O chapéu desapareceu e o homem pendeu para frente, quase caindo do barco. Seus colegas o arrastaram para dentro, mas sem o machado e, quando me virei, direcionei todas as minhas energias para chegar à outra margem. Ouvi o sussurro zangado de um "Maldito!" murmurado, que marcava a raiva de meus perseguidores perplexos.

Aquele era o primeiro som que eu ouvia sair de lábios humanos desde que aquela caçada horrorosa começara e, por mais que carregasse ameaças e perigo, era bem-vindo, pois quebrava o silêncio terrível que me envolvia e me consternava. Era como uma evidência inegável de que meus oponentes eram homens, não fantasmas, e que eu tinha ao menos a chance de um homem contra eles, ainda que fosse um contra muitos.

Mas agora que o silêncio havia sido quebrado, os sons chegavam a mim altos e rápidos. Do barco à costa e de volta da costa ao barco, veio uma rápida troca de perguntas e respostas, feita em sussurros dos mais ferozes. Olhei para trás, algo fatal de se fazer, pois naquele momento alguém viu meu rosto pálido no reflexo da água escura e gritou. Mãos apontaram para mim e, em um instante ou dois, levantaram âncora e o barco veio em minha direção. Não faltava muito para eu chegar ao meu destino, mas o barco vinha cada vez mais rápido. Só mais algumas braçadas e eu estaria em terra firme, mas eu sentia o barco chegando e, a cada segundo, esperava o baque de um remo ou de alguma outra arma contra minha cabeça. Não fosse o fato de que eu vira aquele machado maldito desaparecendo na água, não sei se teria forças para continuar nadando. Ouvi xingamentos murmurados vindos daqueles que não estavam remando, e a respiração pesada dos que remavam. Com um esforço supremo, por vida ou por liberdade, toquei a areia e me pus de pé em um pulo. Não havia um único segundo a ser desperdiçado, pois bem perto de mim, o barco também alcançou a terra e vários vultos pularam para fora para continuar a perseguição. Cheguei ao topo da margem e, mantendo-me à esquerda, voltei a correr. O barco voltou a seguir o curso do rio e, ao ver isso, senti que aquele caminho seria perigoso e rapidamente dei meia-volta, correndo dique abaixo até o outro lado. Após passar por um pequeno pedaço pantanoso, cheguei a uma planície grande e aberta de terra batida e acelerei.

Meus perseguidores, incansáveis, continuaram a me perseguir. Ao longe, em um nível abaixo do que eu me encontrava, vi a mesma forma escura de antes, mas agora mais próxima e maior. Meu coração acelerou de felicidade, pois eu sabia que deveria ser a fortaleza do Bicêtre. Com a coragem renovada, apertei o passo. Eu já tinha ouvido dizer que, entre cada um dos fortes que protegiam Paris, havia rotas estratégicas, estradas subterrâneas, nas quais os soldados se abrigavam dos inimigos. Eu sabia que, se conseguisse chegar em uma dessas estradas, estaria em segurança. Contudo, devido à escuridão, não conseguia ver nem sinal delas e, na esperança cega de encontrar alguma, segui caminho.

Cheguei, então, à borda de um desfiladeiro, e vi que lá embaixo corria uma estrada com uma fossa de água em cada lado, cada qual cercada por um muro alto e reto.

Apesar do cansaço e da tontura, corri; o chão foi ficando mais e mais acidentado, até que eu tropecei e caí, levantando-me de novo, e voltando a correr em uma angústia cega de quem é caçado. Mais uma vez, pensei em Alice, angustiando-me. Eu não perderia, pois isso arruinaria a vida dela. Eu resistiria, lutaria por minha vida até o amargo fim. Com grande esforço, alcancei o topo do muro. Escalei-o feito um puma e, ao fazê-lo, senti uma mão tocar a sola de meu pé. Vi-me em uma espécie de ponte e, à minha frente, vi uma luz tênue. Cego e estonteado, continuei correndo, tropecei, caí, levantei-me, coberto de sujeira e sangue.

— *Halte-là!* Alto lá!

Tais palavras pareciam vindas do paraíso. Uma luz resplandecente me envolveu e eu gritei de alegria.

— *Qui va là*? Quem está aí?

O chacoalhar da mosquetaria, o brilho do aço perante meus olhos. Por instinto, parei, apesar de meus perseguidores ainda estarem correndo atrás de mim.

Com outra palavra ou duas, verteu de um portão uma onda de vermelho e azul, ou ao menos tive essa impressão quando a guarda apareceu. Tudo ao meu redor parecia brilhar com luz, aço, o tinido e o chacoalhar de armas e as altas e duras vozes de comando. Caí para frente, completamente exausto, e um soldado me pegou. Olhei para trás com uma expectativa terrível, e vi a massa de vultos escuros desaparecendo noite adentro. Devo ter desmaiado. Quando recuperei os sentidos, já estava na sala dos guardas. Deram-me conhaque e, após um tempo, consegui contar a eles um pouco do que havia passado. Naquele momento apareceu um comissário de polícia, aparentemente do nada, como é comum da polícia parisiense. Ele me ouviu com atenção e foi conversar por um momento com o oficial no comando. Pelo que pude perceber, eles concordaram em algo, pois me perguntaram se eu já estava pronto para acompanhá-los.

— Para onde? — perguntei, pronto para ir.

— De volta aos monturos. Talvez ainda consigamos capturá-los!

— Vamos! — eu disse.

Ele me olhou, atento, por um instante e, de repente, disse:

— O senhor gostaria de esperar um pouco ou até amanhã, jovem inglês?

Isso feriu meu orgulho – o que, creio eu, era o objetivo dele –, e levantei-me de um pulo.

— Vamos agora! — eu disse. — Agora, agora! Um inglês está sempre a postos para o serviço!

O comissário era um homem bom, bem como era sagaz; ele deu um tapa gentil em meu ombro e disse:

— *Brave garçon!* Perdão, mas eu sabia que você faria o bem maior. A guarda está pronta. Vamos!

Assim, passando pela sala da guarda e por uma longa passagem abobadada, saímos para a noite. Alguns dos homens à frente tinham lanternas poderosas. Passamos por pátios e descemos por um caminho que atravessava um arco baixo, levando a uma estrada rebaixada, a mesma que eu havia visto em minha fuga. Deram a ordem de ir ao outro lado e, com passadas rápidas, meio correndo, meio andando, os soldados avançaram. Senti minhas forças se renovando mais uma vez: tal é a diferença entre o caçador e a presa. Bem perto dali, chegamos a uma baixa ponte suspensa sobre o rio, um pouquinho acima do ponto que eu havia alcançado. Era claro que algum esforço havia sido feito para danificá-la, pois as cordas haviam sido cortadas e uma das correntes quebrada. Ouvi o policial dizer ao comissário:

— Chegamos bem a tempo! Mais alguns minutos e eles teriam destruído a ponte. Avante, mais rápido ainda!

E avante seguimos. Continuamos para outra ponte suspensa no rio sinuoso; assim que chegamos lá, ouvimos um baque oco e batidas de metal, pois os esforços para destruir a ponte haviam recomeçado. Uma ordem foi dada, e vários homens levantaram os rifles.

— Fogo!

Uma rajada soou. Um grito abafado, e os vultos escuros se dispersaram. Mas o mal já estava feito, e vimos a outra extremidade da ponte cair na correnteza. Isso nos atrasou bastante, e passou-se quase uma hora antes que tivéssemos cordas e conseguíssemos restaurar a ponte o suficiente para podermos atravessá-la

Recomeçamos a perseguição. Cada vez mais rápido, seguimos aos monturos. Um tempo depois, chegamos a um local que reconheci. Havia os restos de um incêndio: algumas cinzas de madeira ainda queimavam com um brilho vermelho, mas as pilhas de cinzas estavam frias. Eu conhecia a área da cabana e o monte por trás dela, pelo qual eu havia corrido; e na luz oscilante ainda reluziam os olhinhos dos ratos, com um brilho fosforescente. O comissário falou com o policial, e então gritou:

— Pare!

Os soldados receberam ordens para se dispersarem e observarem, e então começamos a examinar as ruínas. O comissário sozinho começou a levantar as tábuas queimadas e o lixo que os soldados empilharam em um canto. Então ele se virou, abaixou-se, levantou-se e me chamou:

— Olhe!

Era uma visão horrível. Um esqueleto estava virado para baixo, uma mulher, aparentemente... uma mulher velha, a julgar pela fibra áspera dos ossos. No meio das costelas, estava enfiada uma adaga pontiaguda, feita de um amolador de açougueiro, sua ponta afiada enterrada na espinha dorsal.

— Observe — pediu o comissário ao policial e a mim, enquanto pegava seu caderninho — que a mulher deve ter caído por cima de sua adaga. Há muitos ratos aqui, olhe ali os olhos deles brilhando no meio daquela pilha de ossos. E note também — continuou, colocando minha mão no esqueleto, para o meu pavor — que eles não perderam tempo, pois os ossos mal estão frios!

Não havia sinal de mais ninguém por perto, vivo ou morto. E, formando uma fila mais uma vez, os soldados seguiram em frente. Chegamos, então, à cabana feita de um armário velho e nos aproximamos dela. Em cinco dos seis compartimentos havia senhores dormindo – em um sono tão profundo que nem mesmo a luz das lanternas os acordou. Eles pareciam velhos, sombrios e grisalhos, com seus rostos esqueléticos, enrugados e bronzeados, e com seus bigodes brancos.

O policial gritou, austero, uma ordem e, em um instante, cada um deles estava de pé à nossa frente, em pose militar, de costas retas, queixos erguidos e braços rentes ao corpo.

— O que fazem aqui?

— Dormimos — responderam.

— E onde estão os outros catadores?

— Foram trabalhar.

— E os senhores?

— Estamos de guarda.

— *Peste!* — O policial riu, sarcástico, olhando cada um dos homens no rosto. Então acrescentou, com uma crueldade deliberadamente tranquila: — Dormindo em serviço! É assim que a Velha Guarda faz? Não me surpreende, então, o que houve em Waterloo!

Sob a luz da lanterna, vi os rostos sombrios e velhos ficarem mortalmente pálidos e quase tremi com a expressão em seus olhos quando os soldados riram, ecoando a piada cruel do policial.

Naquele momento, senti que, em alguma medida, havia sido vingado.

Por um instante, pareceu-me que eles avançariam contra o homem que os provocava, mas seus longos anos de vida haviam lhes ensinado algo, e permaneceram estáticos.

— Os senhores estão em cinco — apontou o comissário. — Onde está o sexto?

A resposta veio com uma risadinha sombria.

— Está ali — um deles disse, apontando para o chão do guarda-roupa. — Morreu na noite passada. Mas não vai achar muito dele, não. O funeral dos ratos é bem rápido!

O comissário avançou e olhou para dentro da estrutura. Então, virou-se para o policial e, com calma, disse:

— É melhor voltarmos. Não há vestígios aqui, nada que prove que passou por aqui o homem atingido pelas balas de seus soldados. Provavelmente o mataram para apagar os rastros. Olhe! — Ele deu mais um passo, colocando as mãos no esqueleto. — Os ratos trabalharam rápido, e são muitos deles! Os ossos estão quentes!

Eu estremeci, bem como muitos ao meu redor.

— Ordem! — disse o policial e, em formação de marcha, com as lanternas balançando à frente e os veteranos algemados entre nós, avançamos em passos firmes, para longe dos monturos, voltando à fortaleza de Bicêtre.

*****

Meu ano de provação acabou faz um bom tempo, e Alice é agora minha esposa. Mas quando relembro esse período difícil de doze meses, o incidente mais vívido que me vem à mente é minha visita à Cidade do Lixo.

A Casa do Juiz

A data de sua prova estava se aproximando quando Malcolm Malcolmson decidiu ir para outro lugar para poder ficar lendo sozinho. Ele temia as atrações do litoral, bem como o completo isolamento rural, pois conhecia bem seus encantos e, por isso, determinou-se a encontrar uma cidadezinha despretensiosa na qual não haveria nada para distraí-lo. Ele se recusou a pedir recomendações para seus amigos, com o argumento de que eles recomendariam lugares para os quais ele já fora e de onde já conhecia pessoas. Dado que Malcolmson desejava evitar colegas e não tinha a intenção de dificultar a própria vida recebendo atenção deles ou de amigos de amigos, ele foi em busca de um lugar por conta própria. Arrumou uma mala com algumas roupas e com todos os livros que precisava e, então, comprou uma passagem para o primeiro local listado na tabela de horários, o qual ele não conhecia.

Ao final de três horas de viagem, desembarcou em Benchurch, sentindo-se satisfeito por ter apagado todos os seus rastros, em prol de se certificar que teria a oportunidade pacífica de estudar. Ele se dirigiu diretamente para uma pousada que havia no lugarzinho sonolento e se acomodou pela noite. Benchurch era uma cidade comercial e, uma vez a cada três semanas, ficava muito lotada. Contudo, nos demais vinte e um dias, era tão atrativa quanto um deserto. Malcolmson foi conhecer seus arredores no dia seguinte à sua chegada, na tentativa de encontrar aposentos ainda mais isolados do que os da já muito quieta pousada "O Bom Viajante". Apenas um lugar o agradou, e este certamente satisfaria até mesmo os conceitos mais ousados dele do que seria um lugar "silencioso". Na verdade, "silencioso" talvez não fosse o termo mais apropriado. "Desolado" era o único que representava bem qualquer noção do isolamento daquele lugar. Era uma casa grande, velha, construída sem qualquer planejamento e encorpada, de estilo Jacobino, com pesadas empenas, janelas menores do que o normal e mais altas do que era costume em casas como aquela e, por fim, cercada por um alto e massivo muro de tijolos. De fato, examinando-a, parecia mais um forte do que uma habitação qualquer. Mas todos esses aspectos agradavam Malcolmson.

"Este", ele pensou, "é exatamente o lugar que eu procurava e, se eu tão somente conseguir a oportunidade de me hospedar nele, então ficarei feliz." Sua alegria aumentou quando ele percebeu que, sem sombra de dúvida, não havia ninguém morando ali no momento.

Nos correios, ele conseguiu o nome de um corretor, o qual raramente se surpreendia com pedidos para alugar uma parte da antiga casa. O Sr. Carnford, advogado e corretor local, era um genioso cavalheiro de idade e foi honesto ao confessar seu deleite com o fato de que alguém estava disposto a morar naquela casa.

— Para ser honesto — ele disse —, eu ficaria muito feliz, em nome dos proprietários, de deixar qualquer um ficar com a casa por anos, de graça, mesmo que fosse só para acostumar o povo daqui a vê-la habitada. Faz tanto tempo que ela está vazia, que um preconceito absurdo surgiu a respeito dela. Mas imagino que ele será esquecido se a casa for ocupada — acrescentou, com um olhar sorrateiro para Malcolmson — por um estudioso como o senhor, que quer ficar em paz por um tempo.

Malcolmson considerou desnecessário perguntar ao corretor sobre o tal "preconceito absurdo"; ele sabia que teria mais informação sobre o assunto, caso preciso, de outras fontes. Então, pagou três meses de aluguel, pegou seu recibo, foi informado do nome de uma velha senhora que provavelmente ficaria encarregada de "cuidar" dele, e foi embora com as chaves no bolso. Em seguida, foi até a dona da pousada, que era uma pessoa muito alegre e gentil, e pediu conselhos quanto a quais coisas e provisões seriam necessárias a ele. Ela jogou os braços para o alto, espantada, quando ele lhe contou onde iria se hospedar.

— Não na Casa do Juiz! — ela exclamou, empalidecendo.

Ele explicou onde a casa ficava localizada, dizendo que não sabia que tinha um nome. Ao fim, a senhora respondeu:

— Ah, claro. Com certeza falamos do mesmo lugar! É a Casa do Juiz, com certeza!

Ele pediu que ela contasse sobre a casa, por que tinha aquele nome e qual era o problema com ela. Ela lhe contou que assim chamavam aquele lugar por ali, porque há muitos anos – não tinha certeza de quantos, sendo ela mesma de outra parte do país, porém supunha que fossem cem anos ou mais – fora a morada de um juiz muito temido devido às suas sentenças rigorosas e à sua hostilidade com os prisioneiros nos tribunais. Qual era o problema com a casa em si, ela não sabia. Já perguntara muito por aí, mas ninguém sabia informar; contudo, havia um sentimento geral de que havia algo, e ela mesma não ficaria sozinha naquela casa por uma hora sequer nem por todo o dinheiro do Banco de Drinkwater. Depois disso, ela se desculpou a Malcolmson pela conversa perturbadora.

— Não me leve a mal, mas o senhor... tão jovem, ainda por cima! Que o senhor me perdoe por dizer isso, mas não é uma boa ideia ficar lá sozinho. Se fosse meu filho... e peço licença para comentar isso, mas se fosse meu filho, não dormiria lá uma noite sequer, nem se eu mesma tivesse que ir até lá e tocar aquele grande sino na entrada!

Aquela boa criatura era tão clara em sua sinceridade e tão gentil com suas intenções, que Malcolmson, ainda que achasse graça, sentiu-se também comovido. Ele lhe disse com gentileza o quanto apreciava a preocupação que ela demonstrava por ele e adicionou:

— Contudo, minha querida Sra. Witham, garanto-lhe que não precisa se preocupar comigo! Um homem que está estudando para o exame final do curso de Matemática tem coisas demais com as quais ocupar a mente para ser perturbado por qualquer um desses "algos" misteriosos, e meu trabalho é muito exato e prosaico para que eu possa me dar a liberdade de reservar qualquer cantinho da mente a mistérios de qualquer tipo. Progressões harmônicas, permutações e combinações, e funções elípticas já têm mistérios o suficiente para mim!

A Sra. Witham gentilmente terminou de fechar a sua conta, e Malcolmson foi procurar a velha senhora que o Sr. Carnford lhe recomendara. Ao retornar à Casa do Juiz com ela, após um intervalo de duas horas, deparou-se com a Sra. Witham esperando por ele, com vários homens e rapazes carregando caixas, e um tapeceiro que trazia um carrinho com uma cama. A Sra. Whitman disse que, apesar de as mesas e cadeiras provavelmente estarem boas ainda, uma cama que não tomou um ar sequer por pelo menos uns cinquenta anos não era apropriada para um jovem como ele. Era evidente que ela estava curiosa para ver o interior da casa; e, ainda que tenha deixado claro estar com medo dos "algos" dali, pois, ao menor som, agarrava-se ao braço de Malcolmson, de quem ela não soltou por um só momento, andou pela casa toda.

Após examinar o lugar, Malcolmson decidiu instalar-se na grande sala de jantar, que tinha espaço o suficiente para satisfazer todos os seus pré-requisitos. E a Sra. Witham, com a ajuda da empregada, Sra. Dempster, começou a organizar tudo. Quando os cestos foram levados para dentro e arrumados, Malcolmson notou que, com uma preocupação muito gentil da parte dela, a senhora havia trazido provisões para alguns dias da própria cozinha. Antes de ir embora, ela lhe desejou várias coisas. E, ao abrir a porta, disse:

— E talvez, senhor, como este quarto é amplo e tem muitas correntes de ar, seja melhor ter uma daquelas telas ao redor de sua cama durante a noite. Apesar de que, verdade seja dita, eu mesma morreria se tivesse que ficar fechada, com todas essas... essas "coisas" que aparecem pelos cantos ou por cima e ficam me olhando! — A imagem que ela conjurou foi tal, que seus nervos não suportaram, e ela fugiu sem hesitar.

A Sra. Dempster bufou de um jeito superior quando a senhoria desapareceu, e apontou que, de sua parte, não havia medo nem de todos os fantasmas do reino.

— Vou lhe dizer uma coisa, senhor — ela comentou. — Espíritos são todos os tipos de coisa, menos espíritos! São ratos e ratazanas, besouros, portas que rangem, pisos soltos e janelas quebradas, e aqueles puxadores de gavetas difíceis de abrir, que ficam soltos de tanto serem puxados e acabam caindo no meio da noite. Olhe o estado deste cômodo! É velho, já tem centenas de anos! Acha mesmo que não há ratos e besouros por aqui? E acha mesmo, senhor, que não verá nenhum deles!? Ratos são espíritos, isso eu te digo, e espíritos são ratos. Não se convença do contrário!

— Sra. Dempster — disse Malcolmson seriamente, curvando-se para ela em sinal de educação. — A senhora é mais sábia do que os mais renomados dos universitários. Deixe que eu lhe diga algo: para representar minha estima por sua indubitável sanidade de mente e coração, passarei, assim que partir, a posse da casa para o seu nome. Assim, você poderá ficar por aqui sozinha durante os dois últimos meses de meu aluguel, pois quatro semanas serão suficientes para mim.

— Agradeço muito, senhor! — ela respondeu. — Contudo, eu não conseguiria dormir uma única noite fora de casa. Vivo na Pensão de Greenhow e, se eu passar uma noite longe de meus aposentos, perderei tudo o que tenho. As regras são bastante rígidas; e há pessoas demais atentas a qualquer vestígio de uma vaga para que eu ouse correr tal risco. Afora isso, senhor, virei para cá com prazer para auxiliá-lo durante sua estadia.

— Minha senhora — logo respondeu Malcolmson —, vim para cá exatamente com o propósito de ficar isolado. Acredite quando digo que sou muito grato ao falecido Greenhow por ter fundado uma organização de caridade tão admirável – seja lá como esta funcionar –, que garante que eu não tenha sequer a oportunidade de sofrer tal tentação! O próprio Santo Antônio não poderia ser mais claro.

A mulher riu sem humor.

— Ah, meu jovem — disse —, você não teme nada. Provavelmente conseguirá todo o isolamento que deseja aqui.

Então, ela se pôs a trabalhar, fazendo faxina. Ao cair da noite, quando Malcolmson retornou de sua caminhada – ele sempre tinha consigo um de seus livros para estudar enquanto andava –, encontrou seu quarto varrido e organizado, com fogo queimando na antiga lareira, a lamparina acesa e a mesa servida para o jantar com as deliciosas comidas da Sra. Witham.

— Isto sim é que é conforto! — ele disse, esfregando as mãos.

Ao terminar de jantar, levou a bandeja para o outro lado da grande mesa de carvalho, pegou mais uma vez seus livros, colocou lenha nova no fogo, ajustou seu abajur e se acomodou para uma maratona de trabalho duro. Seguiu sem pausa até cerca de onze horas, quando parou um pouco para ajustar a fogueira e a lamparina e para fazer um pouco de chá para si. Sempre gostara de beber chá e, durante a faculdade, sempre tomara chá quando trabalhava até tarde. Todo o resto chegava a ser um luxo para Malcolmson, e ele aproveitava com uma facilidade deliciosa e prazerosa. O fogo renovado crepitava e brilhava, formando sombras estranhas pelo amplo e antigo cômodo. E, enquanto bebia seu chá quente, o homem se deleitou com a sensação de estar isolado de seus semelhantes. Só então começou a notar, pela primeira vez, a barulheira que os ratos faziam.

"Decerto", pensou, "não estavam fazendo esse barulho todo enquanto eu lia. Se estivessem, eu teria notado!" Então, ao ver que o ruído aumentava, Malcolmson se deu por convencido de que aquilo era, de fato, recente. Era evidente que, em um primeiro momento, os ratos se assustaram com a presença de um estranho e com as luzes da fogueira e do abajur; mas agora, tendo passado algum tempo, eles se tornaram mais ousados e estavam se divertindo como era de seu feitio.

E como estavam ocupados! E atentos aos sons estranhos! Para cima e para baixo, por trás do lambril, por cima do teto e por baixo do chão, corriam e roíam e arranhavam! Malcolmson sorriu para si mesmo enquanto se lembrava do que a Sra. Dempster havia dito: "Ratos são espíritos, e espíritos são ratos". O chá começou a fazer seu efeito de estímulo nervoso e intelectual, e o homem notou, com alegria, a grande quantidade de trabalho que ainda tinha de ser feita naquela noite. E, com a sensação de segurança que isso lhe trouxe, permitiu-se o luxo de dar uma boa olhada no quarto. Pegou a lamparina e andou por tudo, perguntando-se como uma antiga casa tão exótica e bonita pôde ser tão negligenciada por tanto tempo. Os entalhes do carvalho nos painéis dos lambris ainda estavam bons, e ao redor das portas e janelas eram particularmente bonitos e de raro mérito. Havia alguns quadros antigos na parede, mas estavam cobertos por uma grossa camada de pó e sujeira, de modo que ele não conseguia distinguir nenhum detalhe deles, ainda que segurasse o abajur o mais alto que podia. Aqui e ali, enquanto andava, viu uma rachadura ou um buraco bloqueado, por um instante, pela cara de um rato com seus olhinhos brilhando no escuro; mas, em um segundo, ela sumia, seguida de um guincho e do barulho de patinhas.

O que mais o impressionou, contudo, foi a corda do grande sino de alarme no teto, que ficava pendurada em um canto do cômodo, ao lado direito da lareira. Ele trouxe ali para perto uma grande cadeira de costas altas, esculpida de carvalho, e sentou-se com sua última xícara de chá. Quando terminou de beber, reabasteceu o fogo e voltou a trabalhar, sentando-se no canto da mesa, com o fogo à sua esquerda. Por um tempo, os ratos o perturbaram um pouco com o ruído que faziam ao andar por aí, mas ele se acostumou ao som, tal qual acostuma-se com o tique-taque do relógio ou com o estrondo da água corrente. Mergulhou de tal forma no trabalho que tudo no mundo, exceto a equação que tentava resolver, passava-lhe desapercebido.

De súbito, olhou para cima, sua equação ainda sem solução, e havia no ar a sensação de que estava prestes a amanhecer, que é terrível para quem carrega dúvidas. O barulho dos ratos cessara. De fato, parecia-lhe que havia cessado há pouco, e era o fato de que havia parado abruptamente que o incomodava. O fogo havia diminuído, mas ainda mantinha seu brilho vermelho escuro. Enquanto olhava naquela direção, assustou-se, apesar de seu sangue-frio.

Ali, na grande cadeira de costas altas, esculpida em carvalho, estava sentado um enorme rato, encarando-o firmemente com seus olhos funestos. O homem fez um movimento como que para espantá-lo, mas a criatura não se mexeu. Então, fez como se fosse jogar algo. Mesmo assim, o rato não se mexeu, mas mostrou seus grandes e brancos dentes com raiva, e seus olhos cruéis brilharam sob a luz do abajur com um desejo de vingança que não estava lá antes.

Malcolmson ficou impressionado e, pegando o atiçador de brasas, correu para matar a criatura. No entanto, antes que pudesse acertá-lo, o rato, com um guincho que parecia concentrar ódio, pulou no chão e, subindo com rapidez pela corda do sino de alarme, desapareceu na escuridão, para além do alcance do abajur esverdeado. Instantaneamente, por mais estranho que parecesse, o som das patinhas dos ratos andando pelo lambril voltou.

Neste ponto, a mente de Malcolmson se esquecera por completo da equação que estivera tentando solucionar; e, como o cantar estridente de um galo o avisou que amanhecia, ele foi para a cama dormir.

Caiu em um sono tão profundo que não acordou nem mesmo com a Sra. Dempster chegando e organizando o quarto. Foi apenas quando ela já havia arrumado tudo, feito o café-da-manhã e batido na tela ao redor de sua cama que ele acordou. Estava um pouco cansado depois de ter trabalhado tanto durante a noite, mas uma xícara de chá forte logo o deixou mais alerta e, pegando seu livro, saiu para a caminhada matinal, levando consigo alguns sanduíches para o caso de não retornar até a hora do jantar. Achou uma rua silenciosa entre altos ulmeiros, logo nos arredores da cidade, e passou grande parte do dia estudando Laplace. Ao voltar, fez uma breve visita à Sra. Witham para agradecê-la por sua gentileza. Quando ela, através da janela com padrões de diamante de seu sacrário, o viu chegando, saiu para cumprimentá-lo e o convidou para entrar. Ela o olhou dos pés à cabeça e balançou a cabeça, dizendo:

— Não deve exagerar, senhor! Está mais pálido hoje do que deveria estar. Estudar demais e por muito tempo não faz bem a homem nenhum! Mas diga-me, senhor, como passou a noite? Bem, espero? E, senhor, meu Deus! Como fiquei feliz quando a Sra. Dempster me contou agora pela manhã que você estava bem e em um sono profundo quando ela foi lhe ver.

— Ah, passei bem — respondeu, sorrindo. — Os "algos" não me perturbaram ainda. Só os ratos, esses fizeram um verdadeiro festival na casa inteira. Teve um diabo estranho que se sentou em minha cadeira, perto do fogo, e não foi embora até eu ameaçar atacá-lo; então ele subiu pela corda do sino de alarme e foi para algum lugar na parede ou no teto... não consegui ver para onde, estava muito escuro.

— Misericórdia! — disse a Sra. Witham. — Um diabo, sentado ao lado do fogo! Tome cuidado, senhor! Tome cuidado! Tudo que é dito em brincadeira tem fundo de verdade!

— Como assim? Juro que não entendi.

— Um diabo! *O* diabo, talvez! Ora, senhor! Não ria! — ela o repreendeu, pois Malcolmson não resistiu e caiu na gargalhada. — Vocês, jovens, estão sempre rindo das coisas que fazem seus anciões tremerem. Deixe para lá, senhor! Deixe para lá! Peço a Deus que o senhor sempre tenha motivos para rir. É o que desejo para mim! — E a boa senhora deu um grande sorriso, simpática ao divertimento do homem, seus medos sumindo por um momento.

— Ah, perdão — disse Malcolmson. — Não tive a intenção de ser rude. Mas é demais para mim pensar que... que o próprio diabo estava em minha cadeira ontem à noite! — Pensando nisso caiu na risada mais uma vez. E voltou para casa para jantar.

Naquela tarde, os passos dos ratos começaram mais cedo; na verdade, já haviam começado antes mesmo de ele chegar, parando apenas quando ainda estavam perturbados pela sua recente presença. Após o jantar, ele se sentou ao fogo por um tempo e fumou. Então, após limpar a mesa, começou a trabalhar, como antes. Naquela noite, os ratos o perturbavam mais do que na noite anterior. Andavam para cima e para baixo, sob o chão e sobre ele! Como guinchavam, e arranhavam, e roíam! Como, ficando gradativamente mais ousados, vinham com suas bocas até os buracos, e fendas, e rachaduras e abertura do lambril, até que seus olhinhos brilhassem como minúsculas lamparinas à medida que a luz do fogo aumentava e diminuía. Mas para ele, agora sem dúvida já acostumado aos bichinhos, seus olhos não eram cruéis; mas, sim, apenas brincalhões. Às vezes, os mais ousados saíam para andar pelo chão ou pelas molduras do lambril. Vez por outra, quando o perturbavam, Malcolmson fazia barulho para assustá-los, batendo na mesa com as mãos ou fazendo um feroz "Tsc, tsc!", para que eles voltassem correndo para seus buracos.

Deste modo, o começo da noite passou; e, apesar do barulho, Malcolmson ficou cada vez mais imerso em seu trabalho.

De súbito, ele parou, tal qual na noite anterior, sendo tomado pela abrupta percepção do silêncio. Não era possível se ouvir nem o mais tênue dos sons de roídos, arranhões ou guinchos. Era um silêncio fúnebre. Lembrou-se da ocorrência estranha da noite anterior e instintivamente olhou para a cadeira ao lado da lareira. E, então, uma sensação muito esquisita percorreu seu corpo.

Ali, na grande cadeira de costas altas, esculpida em carvalho, estava sentado o mesmo enorme rato, encarando-o firmemente com seus olhos funestos.

Por instinto, pegou o objeto mais próximo, um livro sobre logaritmos, e jogou na criatura. Contudo, mirou mal, e o rato nem se moveu. Então repetiu o ato com o atiçador; e, mais uma vez, o rato, ao ser atacado de perto, subiu rapidamente pela corda do sino de alarme. Para o estranhamento de Malcolmson, a partida do rato foi logo seguida da volta dos barulhos feitos pela comunidade geral de ratos. Nesta ocasião, tal qual na anterior, Malcolmson não pôde ver em qual parte do quarto o rato desaparecera, pois o tom esverdeado do abajur deixava a parte superior do quarto na escuridão, e o fogo estava baixo.

Ao olhar para o relógio, notou que era quase meia-noite; não se deixando abalar pelo evento, reabasteceu o fogo e preparou seu bule de chá da noite. Ele trabalhou bastante, e julgou merecer um cigarro; então, sentou-se na grande cadeira de carvalho, em frente ao fogo, e aproveitou o fumo. Enquanto fumava, pensou que gostaria de saber para onde o rato fora, pois tinha certas ideias para o dia seguinte, não muito distantes de uma ratoeira. Assim, acendeu outra lamparina e a posicionou de modo a iluminar bem o canto superior direito da parede ao lado da lareira. Em seguida, pegou todos os livros que tinha e os colocou perto de si, para que pudesse jogá-los na praga. Por fim, levantou a corda do sino de alarme e colocou a ponta em cima da mesa, prendendo-a debaixo da lamparina. Enquanto a manuseava, não pôde deixar de notar o quão flexível ela era, em especial para uma corda tão forte e que não estava em uso.

"Dá para enforcar um homem com isto", pensou. Quando acabou de arrumar tudo, olhou ao redor e disse, satisfeito:

— Vamos lá, amigo! Acho que vamos descobrir algo sobre você desta vez!

Voltou a trabalhar e, como antes, o barulho dos ratos o perturbou em um primeiro momento, mas logo ele se distraiu com suas proposições e equações.

Mais uma vez, sua atenção voltou-se aos seus arredores de súbito. Desta vez, talvez não tenha sido apenas por causa do silêncio abrupto; houve também um breve movimento da corda, e o abajur se mexeu. Sem fazer movimentos abruptos, ele se virou para ver se sua pilha de livros estava ao alcance e, então, observou toda a extensão da corda. No meio do caminho, viu o rato gigante descendo por ela, caindo na cadeira de carvalho e lá se sentando, encarando Malcolmson, que levantou um livro em sua mão direita e, mirando com cuidado, jogou-o no rato. Este, com um movimento rápido, foi para o lado e se esquivou. O homem, então, pegou outros dois livros e os jogou, um após o outro, mas não acertou nenhum. Por fim, quando ele estava de pé com outro livro em sua mão levantada, pronto para jogá-lo, o rato guinchou e pareceu ficar com medo. Isso aumentou mais do que nunca a vontade de Malcolmson de acertá-lo, e o livro voou, acertando o rato com um baque alto. A criatura guinchou, aterrorizada e, olhando para seu adversário com uma terrível malevolência, correu para o topo das costas da cadeira e deu um largo pulo até a corda do sino de alarme, correndo para cima como um raio. O abajur balançou com o movimento repentino, mas era pesado e não tombou. Malcolmson continuou de olho no rato e, com a luz do segundo abajur, viu-o pulando para uma das bordas do lambril e desaparecendo através de um buraco em uma das grandes pinturas penduradas na parede, obscurecido e invisível pela grossa camada de sujeira e pó.

— Irei investigar a moradia de meu amigo pela manhã — disse o estudante, coletando seus livros. — O terceiro quadro, contando da lareira; não me esquecerei. — Ele pegou os livros um por um, fazendo comentários sobre eles enquanto os levantava. — O rato não se importou muito com Seções Cônicas, nem com Oscilações Cicloidais, nem com o *Principia*, nem com os *Quatérnios* ou Termodinâmica. Ah, vamos ao livro que o acertou! — Malcolmson pegou o volume e o analisou. Ao fazê-lo, sobressaltou-se e repentinamente empalideceu. Olhou ao redor, inquieto, e estremeceu, sussurrando para si: — A Bíblia que minha mãe me deu. Mas que coincidência bizarra.

Sentou-se para retomar o trabalho, e os ratos no lambril voltaram a andar por aí. Contudo, isso não o perturbou. Havia algo na presença deles que dava a Malcolmson uma sensação de companheirismo. Mesmo assim, ele não conseguiu focar nos estudos e, após várias tentativas de entender o assunto com o qual se ocupava, desistiu, desesperado, indo para cama bem quando o primeiro raio de sol entrou pela janela leste.

Ele caiu em um sono pesado, porém inquieto e cheio de sonhos; e, quando a Sra. Dempster o acordou ao fim da manhã, ele pareceu desconfortável, sem saber, por alguns minutos, exatamente onde estava. Então, seu primeiro pedido do dia surpreendeu um tanto a empregada:

— Sra. Dempster, enquanto eu estiver fora hoje, peço-lhe que pegue a escada e tire o pó ou lave aqueles quadros, em especial o terceiro a contar da lareira. Quero vê-los com clareza.

Ao final da tarde, Malcolmson estava estudando na rua sombreada por ulmeiros, sentindo mais uma vez a felicidade do dia anterior à medida que o dia passava, e percebeu que estava avançando bastante em seus estudos. Conseguira resolver todas as equações que haviam lhe deixado de cabelos em pé antes, e ficou tão satisfeito com isso que resolveu visitar a Sra. Witham na estalagem "O Bom Viajante". Deparou-se com um estranho na aconchegante sala de estar, conversando com a senhora, o qual se apresentou como Dr. Thornhill. A mulher não estava confortável, e isso, combinado ao fato de que o doutor logo começou a fazer intermináveis perguntas, fez com que Malcolmson chegasse à conclusão de que a presença do homem não era mera coincidência e, deste modo, disse, sem hesitar:

— Dr. Thornhill, responderei com prazer a qualquer pergunta que o senhor me fizer, se apenas o senhor me responder uma antes.

O doutor pareceu surpreso, mas sorriu e respondeu:

— Claro! O que foi?

— A Sra. Witham lhe pediu para que viesse aqui me aconselhar?

O Dr. Thornhill ficou desconcertado por um instante, e a Sra. Witham ficou vermelha como brasa e se virou; mas o doutor era um homem preparado e franco, e respondeu com sinceridade:

— Ela pediu. Mas não tinha intenção de que o senhor soubesse. Imagino que tenha sido minha pressa desajeitada que o fez suspeitar. Ela me disse que não gosta da ideia de o senhor ficar naquela casa completamente só, e que acha que o senhor tomou um chá forte demais. Na realidade, ela quer que eu lhe aconselhe a, se possível, parar de tomar chá e ficar acordado até muito tarde. Eu também fui um estudante dedicado na minha época, então suponho que possa tomar a liberdade de um universitário e, sem ofensa, aconselhar-lhe como colega.

Com um largo sorriso, Malcolmson estendeu a mão.

— "Aperte!", como dizem nos Estados Unidos — disse. — Devo lhe agradecer pela gentileza do senhor e da Sra. Witham, e isso merece gentileza em igual medida de minha parte. Prometo tomar chás mais fracos ou, na verdade, não tomar mais chá até que o senhor me permita, e irei dormir hoje à uma da manhã, no mais tardar. É o suficiente?

— Perfeito — respondeu o doutor. — Agora, diga-me tudo que percebeu na casa antiga.

Então, Malcolmson, naquele mesmo momento, contou nos mínimos detalhes tudo que acontecera nas duas noites anteriores. Aqui e ali, era interrompido por alguma exclamação da Sra. Witham, até que, por fim, quando o homem contava sobre a Bíblia, as emoções da mulher se tornaram demais, e ela gritou, recompondo-se apenas após um copo cheio de conhaque e água. O Dr. Thornhill ouviu com uma expressão cada vez mais séria e, quando a narrativa foi finalizada e a Sra. Witham estava bem de novo, ele perguntou:

— O rato subiu todas as vezes pela corda do sino de alarme?

— Todas.

— Imagino que saiba — disse o doutor, após uma pausa — o que a corda é?

— Não!

— É a mesma corda — explicou o médico lentamente — que o carrasco usou com todas as vítimas do rancor judicial do Juiz!

Neste ponto, ele foi interrompido por outro grito da Sra. Whitman, e tiveram que parar novamente para recompô-la. Malcolmson, olhando para seu relógio, notou que era quase hora do jantar e acabou voltando para casa antes que ela se recuperasse por completo.

Quando ela, por fim, voltou a si, praticamente atacou o doutor com perguntas raivosas acerca das intenções dele ao colocar ideias tão terríveis na mente daquele jovem.

— Ele já não tem o bastante para perturbá-lo!? — adicionou, ao que Dr. Thornhill respondeu:

— Minha cara madame, eu tinha um objetivo bastante claro. Queria chamar a atenção dele para a corda do sino, e deixá-lo focado nisso. Pode ser que ele esteja em um quadro de exaustão, por estar estudando muito, apesar de, devo dizer, parecer-me um jovem são e saudável, tanto de corpo quanto de mente. Contudo, daí temos os ratos... e a menção ao diabo... — O homem balançou a cabeça e continuou: — Eu teria oferecido passar a primeira noite com ele, mas tenho certeza de que ele se ofenderia. Ele talvez se depare com algum medo ou alucinação estranhos durante a noite e, se for o caso, quero que ele puxe aquela corda. Já que está sozinho, ao menos nos avisará, e poderemos ir até ele a tempo de ajudá-lo. Ficarei acordado até tarde hoje e pretendo ficar atento aos sons. Não se surpreenda se Benchurch receber uma surpresa antes do amanhecer.

— Ah, doutor, mas como assim? Como assim?

— Veja: é possível, muito possível, que ouçamos o sino de alarme da Casa do Juiz esta noite.

Logo em seguida, o doutor fez a saída mais vigorosa possível.

Malcolmson chegou à casa um pouco mais tarde do que de costume, então a Sra. Dempster já havia ido embora (as regras da Pensão Greenhow não podiam ser negligenciadas). Ele ficou contente em ver que estava tudo iluminado e organizado, com um fogo agradável na lareira e uma lamparina bem ajustada. A noite estava mais fria do que seria de se esperar em pleno abril, e um vento poderoso soprava com uma força que aumentava rapidamente, de modo que era bastante provável que houvesse uma tempestade noite adentro. Por alguns minutos após sua chegada, o som dos ratos cessou; mas, tão logo eles se acostumaram com a presença do homem, voltaram à atividade. Ele estava feliz por ouvi-los, pois sentiu mais uma vez a sensação de companheirismo com o barulho, e sua mente se voltou ao estranho fato de que os bichinhos só ficavam em silêncio quando o outro, o rato gigante com olhos funestos, aparecia. Apenas o abajur de leitura estava aceso, sua luz esverdeada mantendo o teto e a parte superior do cômodo na escuridão, e, por isso, a iluminação da lareira que se espalhava pelo chão e pela toalha branca por cima da mesa era quente e agradável. Malcolmson sentou-se para jantar com grande apetite e ânimo leve. Após comer e fumar um cigarro, ele se sentou para trabalhar, determinado a não deixar nada perturbá-lo, pois se lembrava da promessa que havia feito ao doutor e decidiu aproveitar ao máximo o tempo que tinha à sua disposição.

Por mais ou menos uma hora, ele estudou com tranquilidade, mas, depois disso, seus pensamentos começaram a se afastar dos livros. Não havia como negar as circunstâncias ao seu redor, os chamados à sua atenção física e à sua suscetibilidade nervosa. A essas horas, o vento já havia se tornado uma forte ventania, e esta, uma tempestade. A casa antiga, por mais que fosse sólida, parecia balançar por inteiro, e a tempestade bradava furiosamente, o som passando pelas muitas chaminés e suas excêntricas empenas, resultando em barulhos estranhos e sobrenaturais nos corredores e nos cômodos vazios. Até mesmo o grande sino no teto deve ter sentido a força do vento, pois a corda subia e descia ligeiramente, como se o sino se movesse um pouquinho de quando em quando, até que a flexível corda caiu no chão de carvalho com um baque surdo.

Nisso, Malcolmson refletiu sobre as palavras do doutor: "É a mesma corda que o carrasco usou com todas as vítimas do rancor judicial do Juiz", e foi para perto da lareira, pegando a corda para analisá-la. Ele parecia ter algum tipo de interesse mórbido por ela e logo se perdeu em pensamentos, especulando sobre quem teriam sido as vítimas e quais os desejos lúgubres do Juiz para manter tal lembrete pavoroso por perto. Enquanto ele observava a corda, o balançar do sino a levantava de pouco em pouco; mas havia, agora, uma sensação nova: uma espécie de tremor na corda, como se algo se movesse por ela.

Olhando para cima por instinto, Malcolmson viu o rato gigante descendo lentamente em sua direção, encarando-o com firmeza. O homem soltou a corda e deu alguns passos para trás, murmurando um xingamento, e o rato se virou, correndo de volta para cima e desaparecendo. No mesmo instante, Malcolmson se tornou consciente de que o som dos ratos, que havia parado por alguns instantes, voltara.

Tudo isso o deixou pensativo, e ocorreu-lhe que não havia investigado o covil do rato ou olhado as pinturas, como era sua intenção. Acendeu, assim, a outra lamparina, que não tinha cúpula, e, segurando-a no alto, foi até o terceiro quadro a contar da lareira, do lado direito, por onde vira o rato desaparecendo na noite anterior.

Mal pôs o olho nele, sobressaltou-se, recuando e quase derrubando o abajur, uma palidez cadavérica espalhando-se por seu rosto. Seus joelhos tremiam, grossas gotas de suor rolavam por sua testa e seu corpo inteiro tremia. Mas ele era jovem e destemido e, portanto, recompôs-se. Após alguns segundos, avançou mais uma vez, levantando a lamparina, e examinou a pintura que, agora que havia sido limpa, estava bastante nítida.

Ela retratava um juiz vestido com uma toga escarlate e acastanhada. Seu rosto era poderoso, impiedoso, mau, astuto e vingativo, com lábios cheios e um nariz adunco e avermelhado, parecido com o bico de uma ave de rapina. O resto de sua face tinha uma tonalidade cadavérica. Seus olhos tinham um brilho peculiar e uma expressão terrivelmente malévola. Enquanto os encarava, Malcolmson gelou, pois viu neles os mesmos olhos do rato gigante. Nisso, quase derrubou a lamparina, pois viu o rato com olhos funestos encarando-o pelo buraco no canto do quadro, e notou que o barulho dos demais ratos havia cessado abruptamente. Contudo, ele se recompôs e continuou examinando a pintura. O Juiz estava sentado em uma grande cadeira de costas altas, esculpida de carvalho, ao lado direito de uma grande lareira de pedra, onde, ao canto, havia uma corda pendurada no teto, sua ponta caída no chão e enrolada. Sentindo algo semelhante a horror, Malcolmson reconheceu o cenário como o quarto no qual estava, e olhou ao redor assombrado, como se esperasse encontrar uma presença estranha atrás de si. Então, voltou o olhar para o canto da lareira – e, com um grito alto, deixou a lamparina cair.

Ali, na cadeira, com a corda pendurada atrás dele, estava sentado o rato com os olhos funestos do Juiz, agora mais intensos e com um olhar diabólico. Com exceção dos uivos do vento, estava tudo em silêncio.

Malcolmson recuperou a lamparina caída. Por sorte, ela era de metal, e não derramara óleo. No entanto, a necessidade de pegá-la acalmou de vez suas apreensões nervosas. Quando se virou, limpou o suor da testa e pensou por um instante.

— Isto não vai dar certo... — ele murmurou consigo mesmo. — Se continuar assim, ficarei louco. Isto tem que parar! Prometi ao doutor que não tomaria chá. Quem diria, ele estava certo! Deve ter mexido com os meus nervos. Engraçado, mal notei. Nunca me senti melhor. Mas está tudo bem agora, não serei tão tolo de novo.

Em seguida, preparou para si um forte copo de conhaque e água, e resolutamente sentou-se para estudar.

Passara-se quase uma hora quando ele interrompeu seus estudos, perturbado pelo silêncio repentino. Do lado de fora, o vento uivava e rugia com mais fervor do que nunca, e a chuva caía sem parar, batendo como granizo nas janelas. Porém, do lado de dentro, não havia um barulho sequer, senão o eco do vento ressoando na chaminé e, de quando em quando, um chiado quando algumas gotas de chuva desciam por ela e caíam sobre o fogo nos momentos em que a tempestade se acalmava um pouco. O fogo estava baixo agora, e não havia mais tantas chamas, apesar de ele ainda emitir um brilho avermelhado. Malcolmson ouviu com atenção e conseguiu escutar um rangido agudo, bem baixinho. Vinha do canto do quarto, onde estava a corda, e ele supôs ser o raspar dela no chão quando ela subia e descia devido ao balançar do sino.

Olhando para cima, no entanto, viu, na penumbra, o rato gigante subindo pela corda e roendo-a. A corda já estava quase partida – o homem podia ver o tom mais claro onde os fios já estavam soltos. Enquanto ele presenciava a cena, o trabalho foi finalizado, e a parte cortada da corda caiu com um baque no chão de carvalho, ao passo que o rato ficou pendurado como uma franja de cortina ou um puxador de gaveta na ponta da corda, que agora balançava para lá e para cá. Por um momento, Malcolmson sentiu uma onda de terror quando pensou que fora privado da possibilidade de pedir ajuda ao mundo lá fora. Mas um ódio intenso logo tomou lugar do medo, e ele pegou o livro que estava lendo e o arremessou contra o rato. A mira foi boa, mas, antes que o objeto pudesse acertar o rato, ele se lançou ao chão com uma pancada surda. No mesmo instante, Malcolmson correu em sua direção, mas o rato fugiu, desaparecendo na escuridão das sombras do quarto.

Ele sentiu que não conseguiria mais estudar naquela noite e, por isso, optou por trocar a monotonia da rotina por uma caça ao rato. Tirou a cúpula verde do abajur, para que a luz chegasse mais longe. Assim, a parte superior do cômodo foi iluminada e, sob a nova luz, o quarto pareceu maior e as pinturas na parede ficaram em maior destaque. De onde estava, Malcolmson viu bem à sua frente o terceiro quadro na parede a contar da direita da lareira. Surpreso, esfregou os olhos. E, então, sentiu o pânico tomar conta de si.

No centro da pintura havia um grande espaço vazio, como se fosse um pedaço de tela novo. O fundo continuava como antes, com a cadeira e a chaminé e a corda... mas a imagem do Juiz havia desaparecido.

Quase tremendo de medo, Malcolmson vagarosamente se virou e, só então, começou a tremer por inteiro, como um homem convulsionando. Não tinha mais forças para nada, e era incapaz de se mover, por mais que quisesse. Podia apenas ver e ouvir.

Ali, na grande cadeira de costas altas, esculpida em carvalho, estava sentado o Juiz, com sua toga escarlate e acastanhada, encarando-o com seus olhos funestos e cheios de desejo de vingança, e um sorriso de triunfo em sua boca decidida e cruel, enquanto levantava com suas mãos um chapéu preto.

Malcolmson sentiu como se todo o seu sangue se esvaísse, como era comum em momentos de suspense prolongado. Havia um zumbido em seus ouvidos. Do lado de fora, ele conseguia ouvir o uivo e o rugir da tempestade e, junto a isso, veio o bater da meia-noite dos grandes sinos do centro comercial. Por um tempo que lhe pareceu eterno, ele ficou ali, paralisado como uma estátua, sem fôlego e com os olhos arregalados em terror.

À medida que o relógio batia, o sorriso do juiz se abria mais e, à última batida, ele colocou o chapéu na própria cabeça.

Devagar e com determinação, o Juiz se levantou e pegou o pedaço de corda do sino que estava no chão, passando-o por suas mãos como se gostasse da sensação de tocá-lo e, então, fez um nó em uma das pontas, formando um laço. Apertou-o e testou a força do laço com seu pé, puxando com força até que ficasse satisfeito e formando um nó de forca, segurando-o nas mãos. Em seguida, foi até a mesa oposta a Malcolmson, nunca deixando de olhá-lo, passou por ele e, com um rápido movimento, foi para frente da porta. Malcolmson começou a se sentir em uma armadilha, e pensou no que deveria fazer. Havia fascínio nos olhos do Juiz, os quais ainda o encaravam e que ele não tinha opção senão encarar de volta. Ele viu o Juiz se aproximar, ainda entre ele e a porta, levantar o nó e jogá-lo em sua direção, como se quisesse laçá-lo. Com grande esforço, Malcolmson foi veloz em se jogar para o lado, e viu a corda caindo perto de si, batendo contra o chão de carvalho. Mas o Juiz mais uma vez pegou o nó e tentou laçá-lo, nunca tirando seus funestos olhos dele. Todas as vezes, com bastante esforço, o estudante conseguiu se desviar. Isso se repetiu várias vezes, contudo, frente às suas falhas, o Juiz jamais perdeu seu ânimo ou compostura, assemelhando-se a um gato caçando um rato. Sentindo o maior desespero de sua vida, Malcolmson rapidamente analisou seus arredores: o fogo da lamparina parecia ter aumentado, iluminando bem o cômodo. Nos muitos buracos de ratos nas aberturas e rachaduras do lambril, ele viu os olhinhos de ratos – e isso, esse aspecto físico, deu-lhe um fio de esperança. Além disso, viu também que a corda do sino de alarme estava carregada de ratos. Não havia um centímetro dela sem ratos, e cada vez mais surgiam do buraquinho circular de onde a corda saía. Com isso, o sino começou a balançar.

Ouça! O sino balançou até o badalo tocar na borda! O som foi bem baixinho, mas o sino estava apenas começando a tocar, e o barulho aumentaria.

Ao ouvir aquilo, o Juiz, que, até aquele momento, não havia parado de encarar Malcolmson, olhou para cima com uma carranca de raiva diabólica. Seus olhos brilharam como carvão quente, e ele bateu o pé com tanta força que pareceu fazer a casa tremer. Um pavoroso trovão estourou acima deles quando o Juiz levantou o laço mais uma vez, enquanto os ratos continuavam a correr para cima e para baixo na corda, como se estivessem em uma corrida contra o tempo. Desta vez, em vez de jogar a forca, o Juiz andou na direção de sua vítima, segurando o nó aberto à medida que se aproximava. Sua mera presença tinha efeito paralisante em Malcolmson, que ficou imóvel como um cadáver. Ele sentiu os dedos gélidos do Juiz se fecharem ao redor de sua garganta enquanto ajustava a corda. O Juiz apertou o nó, e depois apertou mais um pouco. Então, levantou o corpo rígido do estudante em seus braços e o carregou até a cadeira de carvalho, colocando-o de pé sobre ela e subindo ao seu lado, levantando a mão para pegar a ponta balançante da corda do sino. Ao fazê-lo, os ratos saíram correndo e guinchando, desaparecendo pelo buraco no teto. Em seguida, pegou a ponta do nó que estava ao redor do pescoço de Malcolmson e a juntou à corda do sino. O Juiz desceu da cadeira e, então, puxou-a.

*****

Quando o sino da Casa do Juiz começou a badalar, não tardou para que uma multidão se juntasse. Havia luzes e tochas dos mais variados tipos, e a multidão silenciosa se apressou para ir até ao local. Bateram forte na porta, mas não houve resposta. Com isso, abriram-na à força e entraram na sala de jantar, o doutor à frente.

Ali, na ponta da corda do grande sino, estava pendurado o corpo do estudante e, na face do Juiz na pintura, havia um sorriso maligno.